U0595479

使一个人亲近艺术的，

其实是一些身体深处挥之不去的感觉记忆。

给青年艺术家的信

感觉

觉

十

书

蒋勋

著

contents 目录

南方的海

第一封信

丫民：

我收到你的信，知道你去了南方。

你信中说到空气里海的气味，使我想起了昆布、海藻、贝壳、牡蛎或鱼族身上鳞片和湿滑的黏液。当然，还有盐，潮湿的、在空气里就饱含着的盐的气味，使一阵阵吹来的风，像一匹垂挂在空中飞不起来的、沉重的布，沉甸甸的，可以拧出盐来。

你说，闭起眼睛，就能闻到风里带来一阵一阵海的味道。

我想象着你的样子，闭起眼睛，深深吸一口气。深深吸一口气，鼻腔里都是海的气味。喉管里也是，那气味逐渐在肺叶里扩张，充满肺叶里每一个小小的空囊，每一个空囊都因此涨满了，像许多小小的海的气泡。气泡上上下下浮动着，像海浪一样汹涌澎湃着。

丫民，气味是什么？是空气里最细微最小

的存在吗？

我张开眼睛，看不见气味；我伸出手去抓，也抓不到气味。

但是，气味确实存在，散布在空气的微粒中，无所不在。

我们常常被不同的气味包围着。

如果在南方，你就被海洋的气味包围了。

我相信，你还没有看见海，还没有听见海，那一阵阵的海的气味就袭来了。

气味无所不在，气味也无远弗届。

你觉察到了吗？动物的嗅觉非常敏锐，它们似乎常常依靠嗅觉里的气味找到食物，也常常依靠嗅觉里的气味警觉到危险。你看那在街上流窜的狗，总是在街角和电线杆下嗅来嗅去。有人告诉我，狗在它跑过的地方便溺，是在留下身体的气味,用这些散布的气味,连结成自己的势力范围。这个故事使我想了很久,人类的势力范围,从个人,到家庭,到国家,也都有防卫的边界。用围墙、瞭望站、堡垒、铁丝网、各种武器和警报系统,多是视觉上可见的边界。狗的边界竟是嗅觉的边界吗?在生物的世界,还有物种是依赖嗅觉存活与防卫自己的吗?

小时候常蹲在地上看昆虫,昆虫来来去去,有一种敏捷,像蚂蚁,好像有一种嗅觉的准确,好像靠气味沟通,连成一条浩荡的行列,组织成严密的结构。只是我一直很遗憾,对它们气味的世界所知甚少,我却也因此开始审视许多动物身上存留的敏锐的嗅觉经验。

你记得五代人画的一幅《丹枫呦鹿图》吗?在一片秋深的枫林里,一头大角麋鹿,昂首站立,它似乎觉察到空气里存在着不是同类的体味。它在空气中辨认那气味,逐渐靠近,越来越浓,越来越确定。可能是一头花豹的气味,远远就在空气中传出了警讯,使麋鹿可以朝不同的方向奔逃。

麋鹿依靠空中散布的气味，判断危险的存在，远比它听到或看到得更早。嗅觉发布的警告，往往在听觉视觉之前，当然，也更在触觉与味觉之前。

嗅觉仿佛是最不具体的感觉，气味是最不具体的存在。但是，却是最机警的感官，也是最纤细的存在。

对许多家庭来说，蟑螂和老鼠是最头痛的东西，食物怎么储藏，好像都会被它们找到，但是也不得不佩服，这些动物嗅觉的敏锐。我在想，我们还有多少用嗅觉寻找物件的能力？

丫民，我想象着你在海洋的气味里沉迷陶醉的模样。

海里除了盐的咸味，还有一种腥味。

盐的咸味接近味觉，但不是味觉，不是经由口腔味蕾感受到的咸，是空气里潮湿的水分中饱含的咸。

腥，好像比较难理解。

我想象，腥是许多许多大海里死去的鱼类、贝类、海藻类的尸体的气味的总和吧？

我去过一些渔港，刚捕捞上来的新鲜的鱼，带着一种活泼生猛的气味，和腥味不同。腥味好像是死去已久的鱼的尸体在空气中持久不肯散去的忧伤怨愤。

一片大海里，有多少死去的鱼的尸体？分解了，被腐蚀了，化成很小的部分，还会被虾蟹啄食，被虫豸吸吮。最后，没有什么会被看见，好像消逝得干干净净，但是，气味却还存在，气味弥漫着，好像证明那存在没有消失，反而更强烈。

气味是生命最后，也是最持久的坚持吗？

所以，丫民，你闻嗅到的海洋的气味，是多么古老的记忆。

是的，空气里嗅觉的记忆，人类的语言和文字最难以描写的一种感官，却这么真实地存在着。

古老的埃及人，很早就使用了香料。从植物中提炼的香精，用小瓶子储存着，女人们盛装时，把特别设计的小瓶子藏在发髻中，便一直散发着使男人察觉、却找不到来源的气味。

气味好像与本能的记忆有关。

许多动物是靠着气味寻找交配的对象的。

因为肉体上一种特殊的性腺的分泌，使雌雄动物有了欲望，有了发情与交配的季节。

在视觉和听觉的选择都还不强烈的时期，人类是否也曾经像动物一样，依靠嗅觉寻找交配的伴侣？

在路上，看到猫狗相遇，注意到它们总是习惯性地嗅闻彼此的下体，辨识交配的对象。

人类也有过那样的阶段吗？

嗅觉是更贴近原始本能的记忆吗？

丫民，我闭着眼睛，回溯向自己嗅觉最初记忆的深处。

我不知道什么时候，在母亲的子宫内成了胚胎。我不知道什么时候，那细小的胚胎有了感觉。我的视觉、听觉、味觉，都还在懵懂中，一切混沌暧昧，那时，我是否能够嗅到什么？

我最早的嗅觉，是母亲的身体吗？

我好像浮游在水中，我已经有了触觉吗？

丫民，我都不确定，我只是想模仿你，闭起眼睛，像一个包围在海洋中的胎儿，用那样真实的方式去感觉海，感觉外面的世界。

是的，我最初嗅觉的记忆，是母亲的身体。

我是母亲哺乳的。我常常在嗅觉里寻找母亲身体的记忆。我吸吮母乳时，眼睛是闭着的，我感觉到母亲厚实沉稳的胸脯，微微呼吸的韵律；我感觉到母亲的体温，像暖暖的洋流，一波一波袭来。这些触觉的记忆，一直非常清楚。但是，有一些记忆，不那么具体，好像是一种气味，我可以闭着眼睛，完全放心，相信母亲这么近，我被一种难以形容的气味包围着，是母亲身体的气味。

大了以后，我跟母亲很亲。母亲常笑我，说我吃完了奶，安心趴在她胸前睡着了，睡得香甜，但是，母亲把我递给别人，一换手，我即刻警觉了，便大哭起来。

所以，母亲身体的气味不正是很具体的吗？

母亲又说，我长到很大，断了奶，却还是要在手中攒着一块擦奶的布，才能安稳睡着，布一抽掉，便又惊醒了。

母亲的身体在我嗅觉里的记忆如此持久吗？

初生的动物，总是用口鼻钻在母体怀中索乳，眼睛是闭着的。

丫民，是不是我们的视觉用得太多了，总是

用眼睛看，遗忘了，也忽略了视觉之前，许多更原始的感官。

我在印度的文化里，感觉到许多嗅觉的开启。

印度教的寺庙总是充满了气味。燃烧的各种香木粉末的气味，热带浓郁的花香的气味，从鼻腔冲进，好像冲上脑门，把逻辑理性的思维都赶走了，视觉便有些恍惚迷离起来。

好像只要视觉一恍惚，原始官能细微的末梢，便纤细地蠕动起来。喝了酒，或陶醉在官能里的人，好像总是眯着眼，视觉也总是模糊朦胧的。视觉是通向理性的窗口吗？关闭了视觉这一扇窗，我们就可以找回潜藏的原始官能了。

印度教寺庙里热带的香料、香花、熟透的果实，好像是一种催眠，使人摇荡着进入一个被嗅觉气体弥漫的感官世界。

我去过印度的鹿野苑，佛陀第一次说法的城市，靠近恒河，我走到河边，路的两边，有些微火光，我走近看，是构木成床架，燃烧尸体。尸体四周，布满供奉的香花。木柴噼噼啪啪，火光跳跃，扑面而来的是一种气味，肉体腐烂的气味，油脂燃烧的气味，花的浓郁的甜香，混杂着毛发皮肤的焦苦的气味。

我闭着眼睛，静静站立，丫民，我觉得第一次嗅到生死的气味，这么真实，所有生存过的欲望，变成花香，柴火的干烈，肉体里的油脂、毛发、皮肤，随着火光，化成烟灰，多么复杂的气味啊！

所有的生命，不论如何存在过，最后都变成一种气味吧，停在空气中，久久不会散去。

气味消失，大概就真的消失了吧！

所以，我这么沉溺在一些气味里，是因为惧怕消失吗？

在母亲临终的床前，我把她的身体抱在怀中，我俯在她耳旁，念诵《金刚经》："无我相，无人相，无众生相，无寿者相。"我好像要安慰母亲，没有什么是永恒存在的。但是，丫民，在那一刹那，母亲忽然变成一种气味，包围着我，充满着我。

她没有消失，她转换成非常小的一种我看不到、摸不着的存在，变成了无所不存在的气味，随我走去天涯海角。

好像，最贴近我们记忆底层的感觉，常常是嗅觉，像母亲，像生死，像故乡。

什么是故乡的气味？

丫民，我说的故乡，并不是国家，国家是没有气味的，但是，故乡常常是一种气味，一种忘不掉的气味。

我相信故乡的气味是很具体的。

我记得的是家门口青草地里鹅粪和鸭粪的气味。夏天午后，被晒得炙热的土地，忽然被一阵暴雨激扬起来的尘土的气味，灰扑扑、带着温度的气味。台风过后，一条大河里漂来的冬瓜清新的气味，尸体胀满的死猪肉体的气味。我一闭起眼睛，那些气味就活跃了起来。

家门口有一口瓮，家家户户都把剩下的菜饭倒进去。傍晚时分，收集猪食的人，推着板车，把瓮里的菜饭倒进大桶里。大桶满了，摇摇晃晃，空气中便弥漫起许多食物馊酸复杂的气味，好像吃饱了以后，打了一个嗝，从胃里释放出来的热扑扑的气味。

下午市场收摊以后，我走过空空的、一个接一个的摊位。砧板上留着死去猪肉的味道，一点残存的血腥的味道，招来一群苍蝇。其实用视觉看，看不见什么，并没有血迹，所以，昆虫是比我们的嗅觉更敏锐的吗？

我眯着眼睛，走过去，鱼贩的味道很明显，好像那些虾、蟹、蚌、牡蛎、乌贼都还在。都变成看不见的魂魄，散布在空中。

还有青葱的气味，蒜的气味，姜的辛烈的气

味，我停了一会儿，空气中停留着九层塔的气味，芫荽的气味，萝卜的气味，以及藕根的气味，很淡、很悠长的藕香，对自己的存在非常自在从容的气味。

在收摊以后的市场，那些气味，停留在空中，好像彼此对话，好像记忆着、论辩着它们曾经存在过的肉体，然而肉体已经消逝了，肉体已经——升华成了气味。

丫民，我在想，有一天，我的肉体消失了，我会存留下一种气味吗？会是什么样的气味呢？

我童年的故乡有淡水河和基隆河，两条河流的气味，河岸边泥泞的气味，林投树和榄仁树的气味，密密的林木里，吊着的猫狗尸体的气味，招潮蟹一坑一坑洞穴潮湿郁闷的气味。

台风来临之前，空气里特别沉静的气味；我一路走过，田埂上有新蜕去的蛇皮的气味，有泥鳅和鳝鱼黏滑的气味。

一种紫色的豌豆花在竹架上绽放的气味，含笑在正午时浓郁不散的甜甜的香气。跟茉莉不一样，茉莉好像更远、更淡，在脚跟下回旋，若有若无的气味。

丫民，篱笆边种了一排扶桑，绿色茂密的叶子，花很红，像一种喇叭形的吊钟。我喜欢把鼻子凑近花芯里，深深吸一口气，甜熟的气味，即刻沁入鼻腔。

故乡的记忆，是那么多挥之不去的气味，交错着，一点也不杂乱，好像归在记忆档案里的资料，一点都没有遗漏，随时一按钮，就一一出现了。

我第一次离开故乡，忽然发现周遭的气味变了，好像时差一样，故乡的气味，也会在夜里忽然醒来。在异地的夜晚，以为沉睡了，以为遗忘了，那气味却忽然浮起，使你无眠。

原来，乡愁也是一种气味。

很长一段时间，我在睡梦中，忽然会嗅到一

种呛鼻的味道。很辛辣，咸而且苦，从热油中爆炒，升腾起热烈刺激的臭辣，我呛到鼻眼都是涕泪。好像是隔壁在用热油大火爆花椒、辣椒、豆豉、咸鱼。我醒过来，真的涕泗横流。但是，什么都没有，而那种气味，那么顽强，不肯消失。

我去过一条溪谷，两岸都是姜花。我坐在运送林木的大卡车上，海口方向吹来长长的风。姜花的气味，像一片细细的丝绸，在我身体四周飘拂缠绕，我仰着头，闭起眼睛，那远远的姜花的香，来来去去，是这么真实的故乡的气味。

我觉得童年也是一种气味的记忆。

我的童年，有许多果树气味的记忆。夏天暑热的午后，庙墙后有一棵巨大的龙眼树。我从小学翻墙出来，背着书包，爬上龙眼树，躲在密密的枝叶里。外面日光叶影摇晃，隐约听见老师或母亲寻来，在树下叫着我的名字，但那呼唤的声音，被蝉声的高音淹没了。我一动不动，找到一处适合蜷窝身体的枝桠，好像变成树的一部分，而那时，龙眼树密密的甜熟的气味就包围着我。我闭起眼睛，好像在假寐，也像在做梦，梦里一串串累累的龙眼，招来许多蜜蜂和果蝇。我童年的梦，很甜很香，好像一整个夏天都窝在那棵树上，包围在浓郁的气味里做了一个醒不来的梦。

丫民，童年充满了气味，泡在盐水里的杨梅的酸酸的气味。凤梨削皮时刺激口液的气味。甘蔗田里，甜而燥热的气味。用草绳捆扎的大冰块沁凉的气味。泡在井水里刚捞起来的西瓜冰洌的气味。柠檬果树和荔枝树的气味。端午节悬挂在门口菖蒲与艾草的气味。母亲说，那气味可以阻挡妖魔邪祟，还有雄黄调在高粱酒里的气味，好像也可以除邪祟。

或许，民间一直相信，生活里的气味，都可以避除邪祟吧！

但是，记忆里学校好像是没有气味的。

校长每天朝会的训话，总是没有气味的，因此，也很难记忆。我记得的校长的气味，其实是他头发上油油厚厚的发蜡的气味。他说的话，我都不记得了，我单单记得他头发上的气味。我有时想画一张小学校长的画像，那时我会闭起眼睛，努力回忆他头上发蜡的气味，而不是他口中每一天重复的训话。丫民，使一个人走向艺术的，不是教训，而是一些身体深处挥之不去的感觉记忆吧。

我徜徉在母亲、故乡、童年交错的气味里，像浮荡漂流在一片看不到边的大海中。丫民，你从南方回来的时候，要带回来海的气味好吗？

第二封信

故乡与童年的气味

丫民：

你从南方回来，带了一张小幅的油画给我看。我凑近画，闭着眼睛，嗅了一下说："有味道！"

你说："是吗？我用了亚麻仁油，一点松节油。"

"不，不是，我是说，有海的气味。"我说。

"是吗？"你高兴地笑了。在南方一段时间，皮肤晒得黑红，你笑开的唇间，牙齿白白的，看起来年轻、明亮、灿烂。

是的，你的画里有海的气味。丫民，单纯的照片常常是没有气味的，但是，好的画，通常都有气味。

你知道，凡·高在 Arles 的画，几乎都有麦田的气味，看着看着，好像把一束麦穗放在齿间咀嚼，麦粒上还带着夏天的日光曝晒过的气味。

有些画家的画是没有气味的，画海没有海的

气味，画花没有花的气味，徒具形式，很难有深刻的印象。

我觉得，元朝的王蒙，他的画里就有牛毛的气味。有一次，在上海美术馆看他的《青卞隐居图》，我闭着眼睛，那些停留在视觉上的毛茸茸、蜷曲躁动的细线，忽然变成一种气味。好像童年在屠宰场上，看到横倒死去的牛只，屠夫正用大桶烧水，浇在皮毛上。毛就一片片竖立起来，骚动着，好像要从死去的身体上独自挣扎着活过来。

绘画并不只是视觉吧。莫奈晚年，因为白内障失明，失去了视觉。但是那一时期，他作画没有中断，好像依凭着嗅觉与触觉的记忆在画画。一张一张的画，一朵一朵的莲花，从水里生长起来，含苞的蓓蕾，倒映水中，柳梢触碰水面，漾起一圈圈涟漪。我在那画里听到水声，触摸到饱满的花苞，我嗅到气味，Giverny 水塘里清清阴阴的气味，莫奈并不只是用视觉在画画。

丫民，视觉只是画家所有感官的窗口吧？开

启这扇窗，你就开启了眼、耳、鼻、舌、身；你的视觉、听觉、嗅觉、味觉、触觉，也都一起活跃了起来。

我去普罗旺斯的时候，是为了感觉塞尚画里的气味。丫民，你知道，那条通往维克多的山路，塞尚为了写生，走了二十年。我走进那一条山路，远远可以听到海风，海风里有海的气味。和故乡潮湿咸腥的海不同，那里的海，气味比较干燥清爽，比较安静，是地中海的气味。我一路走下去，空气里有松树皮辛香的气味，有一点橄榄树木的青涩的气味。在塞尚画过的废弃的采石场，我嗅到了热烈过后冷冷的荒凉气味，有堆积的矿土和空洞孔穴的气味。

塞尚的画里，有岩石粗粝的触觉的质感，有听觉里海与松林的风声，但是，这一次，我纯粹为了寻找它的气味而来。

好像我们以前在学校里做过的一个功课，一个同学骑着摩托车，你坐后座，用黑布蒙上了眼睛，塞了耳塞，由前座的人载你乱逛，两个小时以后，你回来了，取掉眼睛上的布罩，向其他人叙述你经过了哪些地方。

我记得，你时常闭起眼睛回忆，好像在关闭视觉的时候，那些嗅觉或皮肤上的记忆会更显明。

你可以通过嗅觉，辨识大片已经结穗的、有着谷香的稻田。扑面而来的风，带着那么浓郁的稻叶和谷粒的香气。你确定摩托车经过一个黄昏市场，你听到人声的嘈杂喧哗，你也嗅闻到肉贩、鱼贩，以及各种青菜果实的气味。你记得经过一条窄巷，依凭皮肤上的触觉，风速加快了，你回忆着说，巷弄里有烹煮食物的气味，咸、辣、酸、甜的气味，米饭和面食的气味，正好是家家烹煮晚餐的时候，你问骑摩托车的同学：我们经过了一个眷村宿舍吗？

在一旁聆听的同学都惊讶了，你可以用嗅觉这么准确地判断出周遭的环境。

丫民，这些年，许多老旧的传统眷村拆除改

建了，你还会留着那里气味的记忆吗？

很多人试图留着历史，保留视觉和听觉的记忆，但是嗅觉呢？嗅觉是不是也是更真实的一种历史？

我睡在床上，记得童年的床单、被套、枕头套，都是用淘米的水浆洗过，晾在竹竿上，大太阳晒过，晚上睡眠时，身体被米浆和夏日阳光的气味包裹着，那是记忆里最幸福的气味之一吧。

放在樟木箱里的冬天的衣服，过了端午，晒过太阳，便收齐了，一叠一叠，夹着圆圆白白的几粒樟脑丸。隔了半年以后，再拿出来穿，有好几天，樟脑丸清新甜凉的气味，樟木箱的气味，都环绕身体四周，久久不散，好像一个季节的回忆。

许多艺术工作者，是带着这些气味的记忆，去写诗，去跳舞，去画画，去作曲，去拍摄电影的。没有生命的气味，其实很难有真正动人的作品。

你记得波德莱尔的《恶之花》吗？我读他的诗，

总觉得有浓郁的南方豆蔻或榴梿的香气，有热带女人浓密头发里郁闷的气息，有吗啡或海洛因一类毒品慢慢燃烧渗入肉体的气味。

诗，竟也是一种气味吗？

那么音乐呢？

德彪西的音乐，总是有非常慵懒的海风和云的气味，有希腊午后阳光的气味，有遥远的古老岁月神话的气味。拉威尔就好像多了一点鲜浓的番红花与茴香的气味。如果没有这些气味，艺术便不像"母亲""童年"或"故乡"了。我们说过，"母亲""童年"和"故乡"都充满了气味。

丫民，你也许应该从学校出走了。有一天，你也许还要更勇敢地继续出走。你知道，一战及二战时代，许多艺术家大胆地出走，因为他们的记忆深处有"母亲"，有"童年"，有"故乡"，有生命气味的记忆。你记得夏加尔（M.Chagall）吗？他从故乡出走，故乡却一生跟着他，他住在巴黎，他的画却是童年和故乡。

像你在南方，闭着眼睛，深深吸了一口气，把整个海洋的气味吸到身体里了。海在你的肺叶里，海在你的皮肤上，海充盈了你身体每一个细胞的空隙。海占领了你的视觉、听觉，海包围着你，从心里压迫着你，使你心里哽咽着。有一天，你要写诗，你要画画，你要歌唱或舞蹈起来，那海，就在你心里澎湃回荡起来，不是你去寻找它，是它铺天盖地而来，包围着你，渗透着你、激动着你，无以自拔。

我不是在说写诗、画画、作曲、舞蹈，我不是在说一切与艺术有关的形式。我说的是"感官"，是打开你的视觉，开启你的听觉，用全部的身体去感觉气味、重量、质地、形状、色彩；是在成为艺术家之前，先为自己准备丰富的人的感觉。

那些真实的感觉，真实到没有好坏，没有美丑，没有善恶，它们只是真实的存在。

像一只蜜蜂寻找花蜜，它专注于那一点蜜的存在，没有旁骛，没有妄想。

古代的希腊是重视运动的，运动员在竞技之前，在身上涂满厚厚的橄榄油，油渍沁到皮肤里，经过阳光照晒，透出金黄的颜色。竞技之后，皮肤上的油渍，混合了剧烈运动流出的汗水，混合了尘土泥垢，结在皮肤上，因此，古代希腊人发明了一种青铜制的小刮刀，提供给竞技后的运动员，可以用来刮去身上的油渍泥垢。

我看过一尊大理石的雕像，一名运动员站立着，一手拿着刮刀，正在细心刮着垢。那尊石像，竟然有气味，橄榄油的、汗液的、泥垢的肉体，隔了两千年，仍然散发着青春男体运动后大量排汗的健康活泼的体味。

气味变成如此挥之不去的记忆！

希腊神话与史诗，都是有气味的。牧神的身上，有着浓烈呛鼻的山羊的臊味。人马兽有着马厩和皮革的气味。盔甲之神伏尔甘一定有铁匠作坊的气味，有铁在高温煅烧冶炼时刚烈的气味。至于爱神维纳斯，希腊人叫她阿芙罗狄忒，她其实充满了海洋蚌蛤的气味，头发里则缠着海藻，在波提切利（Boticelli）的画里，她就有清新温暖的海洋的气味；要晚到威尼斯画派以后，提香（Titian）这一类画家，才在她身上用了香皂沐浴，又喷洒了香水乳液，涂抹了精油，希腊神话原始自然的朴素气味才被另一种奢华的气味掩盖了。

丫民，记不记得，有一次我们讨论起《诗经》的气味？你说："蓼蓼者莪"，都是水草荇叶的气味。

你说《诗经》主要是米麦杂粮的气味，《楚辞》就多了很多浓郁辛烈的香花。米麦杂粮五谷，便人踏实平稳；太多香花的气味，人的感官便浮动了起来。你开玩笑地说：《离骚》的"骚"是非常嗅觉的感官。

年轻吧，可能有旺盛的、充沛的、不能被拘束的官能上的渴望，随时要骚动起来。

是不是因为衰老了，更可以从年轻的身体上，嗅到一种叫作"青春"的气味，那么具体，在颈窝里，在密密的发间，在腋下、股沟、腿弯，在趾隙，使生命骚动起来的气味。

丫民，如果我爱恋一个人，我凝视他，他是视觉的；我聆听他的声音话语，他是听觉的；我抚摸他，感觉他身体的体温，他是触觉的；我舔他，轻轻啮咬他，好像有一点味觉。但是，我最终发现，我是沉迷在一种嗅觉的气味里，像婴儿时依靠气味，找到了母亲。

所以，最亲昵的官能，不是视觉，不是听觉，我觉得也不是味觉；触觉和嗅觉之间，我还无法完全分辨孰先孰后。

假设我闭着眼睛，拥抱着一个身体，这身体的感觉、形状、体温，都是触觉的；而我，一定同时也还辨识着那身体中特有的气味。只是气味嗅觉的记忆太不明显吧。

你的记忆中，有几个忘不掉的身体的气味吗？

气味的记忆，一定是非常私密的经验吧！

你腼腆害羞地避开了我的问题。

我没有追问。我相信，许多极纤细的嗅觉或触觉的记忆，的确是极隐私的部分，存留在记忆里，是最私密而珍贵的感官经验，不能也不应该随便与他人分享。

敏感爱美的心灵，会非常珍惜这些私密的部分，小心翼翼，掩藏在最不容易被发现的角落，成为个人生命最甜美或最辛苦的记忆。一个社会心灵粗糙了，才会把个人最隐私珍贵的部分拿出来廉价贩卖。

但是，奇怪，诗人写诗的时候，画家画画的时候，音乐家创作时，那些私密的角落，便不自觉地显露了出来。美丽的艺术作品，常常精心掩盖伪装自己的隐私，却掩盖不住，也伪装不了。好的作品，无论如何掩盖，还是透露散发着禁止不住的气味。

丫民，那是美学的气味，好的作品，从不会刻意彰显私密的经验，但是，生命独特的气味，却无所不在。

把最珍贵的记忆藏起来吧，如果那记忆真的如此贵重，密密封藏起来吧，像酿造美酒一样，越藏得久，它就越散发出醇厚悠长的气味。

你的艺术创作，需要的是气味，而不是清楚可见、可意识到的东西。

我喜欢你说的：闭起眼睛！

闭起眼睛！闭起视觉的眼睛，关闭你视觉的窗口，之后，你心灵的眼瞳才会一一张开。

我们好像缺少了一门叫"气味"的课。但是，气味要怎么教呢？

少年时，母亲在厨房料理，我在书房看书，隔了一段距离，我大概可以凭嗅觉，辨识很多气味。煤球在炉子上燃烧起来的一种炙热的气味，不同蔬菜的气味。芹菜是要一株一株折断后，抽去筋丝，空气里就漾起一种芹菜特有的清香的气味。蛤蜊养在水里吐沙，气息里多了一点腥甜。剥蒜瓣和切姜丝的气味，最容易判断。大铁锅里热油腾烧起来的气味，好像一种期待；不多久"嚓"的一声，鱼在大油里煎爆起来一种香，是听觉，也是嗅觉，之后，听觉渐渐淡下去，一定是火苗转小了，用文火四周煎烤的鱼的酥香，持续很久。我做着功课，什么也没有看到，但我的嗅觉告诉了我每一个烹调的细节。我记忆里那用文火煎烤半小时以上的鱼的酥香，以后在任何餐厅都没有再找寻到。

嗅觉像是一种注定的遗憾，它在现实里，都要消失，却永远存留在记忆里。

但是，荣格认为，真正的美，其实是一种消失。

那么，丫民，艺术创作的美，是否更多来自遗憾？来自生命里不能长久存在，却在心灵记忆里永不消失的一种坚持？

如果我们有机会重新上一堂有关艺术的课，我想，也许我会带你离开教室，离开学校，到更有气味的地方去。

我想带你攀爬到屋檐下，带你看屋檐下隐秘

的一个鸟窝，小心，鸟窝里也时常有来偷食鸟蛋的长蛇，爬在梯子上，你可以依凭嗅觉，判断空气中腥凉的蛇的气味。你可以趁母鸟不在的时候，嗅闻鸟巢里很奇特的新生雏鸟身上的气味，母鸟在孵蛋的时候特别留下的体温的气味，好像还有长时间孵在蛋里残存的窒闷的气味，但也有一种清新的羽毛刚刚长起来的雏鸟的愉悦气味。当雏鸟误以为你是觅食回来的母鸟，张大黄嫩的口，咿咿喔喔求食时，你也可以嗅到那细细的喉头里透出来的那么渴望食物的初生生命的气息，和婴儿身上散发的气息那么相似。

有一天，那稚嫩的气味，会和你一样，茁壮成少年的青春，会散发成熟自信的气味；有一天，在许多爱恨忧喜的气味之后，也会和你一样，开始品尝沧桑的气味，品尝衰老的气味，甚至，生死的气味。那时，你还想告诉我一些你的感觉吗？或者，那淡淡的、留在心里永不会消失的气味，已足够使你沉默不想言语？你宁愿沉湎在各种气味的回忆里，用文字书写出那些气味，用形状色彩笔触画出那些气味。

我想象着 你的 样子, 闭起 眼睛, 深深吸一口 气。

民, 我要记得你今天身上的气味, 刚刚从来的海洋的气味, 阳光的气味, 沙滩和礁味, 长长的风的气味, 渔船和机油的气味, 帆布袋上流浪的气味。

民, 你划一根火柴, 空气里一点点火的干; 你点着烟, 烟草燃烧, 在空中散开的土晒的气味, 一丝一丝, 像 20 世纪初"桥派"骑士"的画, 充满酒馆里浓重的烟草气味。

光黯淡下来, 我们没有开灯, 室内的气味像一种光, 慢慢舒卷, 可以阅读。

第三封信

空

丫民：

　　阳光在很高很高的地方，使我忍不住抬头去看。隔着街道，对面的公寓似乎犹未苏醒。这是一个假日的早晨。黎明的光才刚刚照射到公寓顶端。我借着那光的移动，浏览着每一间公寓阳台上的盆栽。盆栽的植物很不一样，摆置的方法也不相同。有的色彩斑斓，一盆一盆的花，似乎有意搭配成红的、黄的、紫的色彩；有的盆栽，只是一色单纯的绿色，看起来素净寂寞，有着朴素内敛的风格。有的阳台上种的都是仙人掌，毛森森的，直直站立，没有太多姿态，或许是主人觉得比较容易照顾吧。我注意到有一个阳台，种的似乎都是香草，比较容易认出来的，有小叶子的迷迭香，特别青翠的薄荷，叶尖向上一丛一丛的九层塔，开紫色花的薰衣草，甚至还有小株栽种在盆子里却也结实累累的柠檬，和一种小型柑橘。隔得很远，我想象着那个充满各种香草气味的阳台，每一片叶子，每一朵花蕾，每一粒果实，都释放着芳香的气味，好像比赛着透露心里的愉悦，迎接这个假日的黎明。

我嗅着自己手中一杯浮荡着香气的茶，凑在鼻前，慢慢嗅着，因为是假日吗？我有足够的悠闲，从容地去感觉自己的身体。

　　那茶的芳香贮存着许多许多记忆，阳光、雨水、雾霭或山岚、清晨的露水、山坡上的土壤、偶然飞来停留片刻的小甲虫。

　　我看到那一片深绿色的叶子，在沸水中舒卷张开，好像它重新醒了过来，所以那蜷缩在黑暗里的叶子，是一个悠长的睡眠吗？此刻它醒了，伸着懒腰，翻转身体，打开每一个因为恐惧而紧缩的部分。

　　一缕一缕的白色的烟雾袅袅上升，一缕一缕，细细的悠长的淡淡的芳香，在空中停留着，好像叙述着那一片叶子所有经历过的喜悦与忧伤。

　　我喝着茶，好像在等待那满是香草的阳台上出现一个主人。我想象他在黎明的光里拉开阳台的落地窗，走进已经越来越亮的日光里，伸了伸懒腰，嗅闻到那清新的柑橘的、柠檬的、薄荷的、迷迭香的气味，愉悦地笑起来。

他告诉自己，这是一个假日的黎明。

丫民，我们的感官需要一个假日。

在匆忙紧迫的生活里，感觉不到美。

我没有那么鼓励你去美术馆看画，我没有鼓励你去音乐厅听音乐，我没有那么鼓励你去剧院看戏剧，丫民，当艺术变成一种功课，背负着非做不可的压力、负担，其实是看不见美的。

我喜欢东方古老的哲学家老子的比喻，他说，一个杯子最有用的，是那个空的部分。

丫民，好的哲学总是那么简单。

这么简单，却容易被我们忽略。

我手中的杯子，因为空着，才能盛水。

你可以想象一个没有中空部分的杯子吗?

如果我们的生活被塞满了,我们还能有空间给美吗?如果我们的心灵没有空间,美怎么进来呢?

老子说:五色令人目盲,五音令人耳聋,五味令人口爽,驰骋田猎,令人心发狂。

这或许是人类最早的美学的反省吧!

太多的颜色,人的视觉已经麻木了,等于是心灵的视障。太多的声音塞满了,听觉也麻木了,便是听障。太多的味觉刺激,只是感官上的过瘾,其实并没有细致的领悟,徒有口舌之爽,并没有品味。而那不断向外驰骋追逐感官肉体上的放纵,便像疯狂野马,已没有了内省的心灵空间,如何容纳美?

老子讲感官的美学,讲得那么彻底,那么准确。

在美术馆，在音乐厅，在剧院，我看到许多慌忙急迫的五官，它们努力想看到什么，努力想听到什么，但因为太急了，太目的性了，可能什么也看不到，什么也听不见。

丫民，我一直记得一个使我害怕的画面，我犹疑很久，不知道应不应该告诉你这个故事。

有一次去巴黎的卢浮宫，同行的一位母亲，很在意孩子的学习，她说出发前就要求孩子读很多相关的书，她的两个女儿都还在读小学，很认真做了笔记，拿给我看，我也赞美了她们的用功。到了卢浮宫，那位母亲便一直督促着两个孩子看画，记笔记，孩子站在一张画前面，有时还没有一分钟，母亲便催促着：快，下一张，时间不多，卢浮宫名作太多了。

我有点忧伤起来，好像忧伤两个原来美丽的杯子，被塞满了东西，已经没有感觉美的空间了。

那位母亲一路赶着，手中拿着目录，检查是

否遗漏了名作，并回头问我："哪一张名作我们还没有看到？"

我一时忧伤，便停止下来，看着这位母亲，我安静地问她："你告诉我，你看到了什么？"

丫民，我也许不应该告诉你这个故事。

我们有时总是急迫赶着路，生怕遗漏了什么重要的东西，却忽略了应该停下来，重要的东西其实就在身边。在美术馆里，常常看到忙碌的人，总是担心遗漏了"名作"，殊不知面前就是名作。即使是名作，没有从容平常的心去感受，也是枉然。

丫民，艺术有时使我沮丧，我知道，艺术可能离美很远。

美其实很简单，美，首先应该是回来做真实的自己吧。

如果一个城市，美术馆、音乐厅、剧院，只是联合起来，使市民中产者变得矫情而虚伪，丫民，我们是否应该有彻底的省悟，远远地离开艺术，先回到生活里，认真去感觉自己。

我喜欢这一个假日，无事坐在室内，端着一杯茶，浏览对面公寓每一个阳台被晨光照亮。

那个我等待着的阳台主人始终没有出现，他在享受一个可以放肆赖在床上的假日早晨吗？那样一次假日的放肆真是令人羡慕啊！

我偶然路过这个异乡的城市，租赁了这个公寓，不多久，我要离开。我不确定离开以后，我还会不会记得这一个黎明，这些公寓，这些阳台上的花、盆栽、仙人掌，我只是看着，知道它们此刻与我有缘。

还有那个一直没有出现的主人的阳台，像一个空着的杯子，使我有了许多想象的空间。

丫民，我有时希望自己是一只空着的杯子。空着，才能渴望；空着，才有期待；空着，才会被充满。

孟子不是说"充实之谓'美'"吗？

这么简单又精准的形容，"充实"，我们也许不容易领悟，正是因为"空"，才能"充实"。

美的学习，也许不是要"增加"什么，而是要"减少"什么！

和知识的学习刚好相反，美的修行，不是增加，而是减少。

孔子说："为学日益，为道日损。"

不容易理解的一句话："知识的学习是一日一日加多；生命的领悟，却是一日一日减损。"

孔子说的"损"，是"拿掉"，是"去除"，是"空"，也就是庄子哲学常说的"忘"吧！

最美的诗，最美的画，最美的音乐，最美的人的肢体语言，常常似乎看到了，领悟了，却记不起来。美，好像更接近"遗忘"。

白居易在一千年前写了一首诗：

"花非花，雾非雾。夜半来，天明去。来如春梦不多时，去似朝云无觅处。"

他说的是一种"遗忘"吗？我不确定。

我们是不是被"知识"塞满了，没有余裕的空间留给美？

丫民，我想腾空自己，用橡皮擦擦掉很多字，恢复一张纸的空白；我想清空自己，像在电脑上按下一个"清除"键，重新开始，回复到婴儿的状态，重新使自己像一只空的杯子。

我坐在室内，看清晨的光一点一点，在桌布上移动。被阳光照亮的部分，露出细致的经线与纬线的纹理，是白色的麻线交织成的。好像阳光变成一种爱抚，阳光一接触，布巾就似乎活了起来，好像回忆着它曾经是夏日阳光里一株摇曳的麻草，在土地里扎了根，细长的叶子，承受雨水和阳光，一日一日成长。

麻草被斩伐了，去除了茎叶中易于腐烂的部分，抽出了坚韧的纤维，加工染色，织成这一张桌布。

这是死去的麻草的魂魄吗？

为什么桌布里每一根细细的纤维，一旦被阳光照到，就仿佛活了起来。

丫民，这样悠长的假日，我可以闭起眼睛，用手指去感觉这一块被阳光照到的桌布。

我们曾经闭起眼睛，尝试恢复嗅觉中细致的部分。

如今，我尝试闭起眼睛，用触觉感觉这一张桌布。

我想象自己是盲人。

原来盲人的嗅觉或触觉是这么丰富的。

我的手指仿佛一一生长出了另一种眼睛。我指尖的末梢，感觉到阳光停留在桌布上的温度。我很清楚地从触觉中知道那一块桌布上不同时间阳光照射的部位。阳光是一点一点慢慢移动的，桌布上的温度也有一片一片不同的层次。

被阳光照到的部分，麻布的纤维似乎特别柔软。我不确定，是不是日光的温度使纤维有肉眼觉察不到的膨胀，纤维和纤维之间的空隙更紧密，麻线交错的纹理如同海滩上的细沙，我轻轻抚触，纤维便似乎微微颤动了起来。

这是不曾死去的麻草的记忆吗？

丫民，你记不记得，有一次我们在看荷兰画家维米尔（Vermeer）的一张女子的头像。在红色的帽檐下，仿佛偶然回转过来的眼眸，有一点意外错愕的表情，微微张开嘴唇，仿佛有许多心事要说。

我们在画前站了很久，都沉默不语。

我不知道你在看什么。我看到的是画家每一条笔触在画布上的痕迹。画家的笔，不是在画画布，是在抚摸画布，画布是麻布织的，画家的笔便行走在麻布上，感觉每一根纤维的凹凸，感觉每一处横线与直线交织的空隙。

而维米尔的笔触是特别细腻的，细腻得像珍珠表层的光。

一个画家，如果没有细致敏感的触觉，如何能理解什么是"笔触"？

绘画是要用视觉去看到"笔"的"触觉"吧！

我们还有多少机会真实地去感受自己的触觉？

我的指尖抚触到麻布，麻布上阳光的温度，麻布的纤维，我似乎渴望着一种近于盲人的触觉，它们经验着我常常经验不到的另一个丰富的世界。

我尝试用纯粹的触觉感受这一块桌巾，感觉每一根麻丝的纤维交织起来的细密的纹理。

触觉是多么奇特的一种感官。

我们蜷曲在母胎中时，感觉得到母亲身体的温度吗？感觉得到母亲心跳的脉动吗？我们自己的心跳也开始了，一种扩张和收缩交替时的震动，血流在涌进和冲出时如同潮汐的澎湃。丫民，达·芬奇在解剖人体心脏时，发现了血液涌入和涌出的管道不同，他对着那一个已经不再鼓动的心脏，观察着那些如同洞穴一般空空的心房和心室，做了很详细的记录。作为画家，达·芬奇其实不需了解这么仔细，但是，作为人，他好奇于这心脏的构造与组织，他甚至幻想着一股温热的血流涌入这些孔穴，整个心脏被充满时那种饱满温暖的感受。

大脑主管思维，而心，主管感受。达·芬奇曾经这样推测。

我在学习静坐的时候，尝试把大脑的思维腾空，好像学习让思虑里的杂质——沉淀，好像静视一杯面前的水，里面这么多渣滓，起起浮浮，但也慢慢往下沉落。沉落的速度很慢，比心中的预期慢得多。或者，预期原来是大脑的一种妄想吧。静坐久了，看到自己大脑的妄想很多，妄想也就是心灵的杂质。妄想沉淀了，感官的纯粹才能开启，眼、耳、鼻、舌、身，我们或许可以回复到原始触觉的感官之初。

许多低等的动物，是没有眼、耳、鼻、舌这些感官的，但是，他们有触觉。

我的身体里还存留着那些原初生命的记忆吗？

为什么每当我经验着纯粹触觉的刹那，那似乎蠕动着的本能便在身体里蔓延扩张了起来？

人类的文明离触觉太远了吗？

好像斯特拉文斯基在《春之祭》那音乐曲里

一种很远很远的呼唤，那么原始，那么荒凉，却一下呼唤起我身体的乡愁。

我肉身的底层，一定还隐藏着自己不曾发现的部分，在暗黑的官能潜意识里，一旦被撩拨，就蠢蠢欲动。

我不知道那是什么？像意识之初的记忆，在大脑的思维还没有形成之前，有一颗被温热血流鼓动着的心脏，许多空穴，等待被充满。

丫民，我沉溺在触觉的感官里。

我记忆起母亲怀抱着我，那么厚实又柔软的肉体，那么幸福的温度。

我记忆起口腔里被乳汁充满的快乐，那芳香甘甜的汁液，从咽喉通过，饱满地容纳在胃里。我记忆起吃完母乳后，在我背部轻轻拍打的手掌，那么笃实而又温柔的拍打，通过身体的触觉，传达着一生难以忘怀的爱、关心、照顾、安慰和鼓励。

我们遗失了多少触觉的能力？

在人类往文明发展的过程里，我们禁锢了许多官能的自由，特别是触觉的本能。

我们一定渴望过一个肉体，渴望亲近，渴望体贴，渴望拥抱，渴望完完全全地合而为一。如同柏拉图在哲学中阐释的，人类原来是完整的，因为触怒了神，受了惩罚，被一分为二。因此，我们每一个人都是不完整的，我们一生都在寻找被分开来的另一半。我们用视觉在找，用听觉在找，但是，丫民，你发现没有，我们最终认识到的另一半，可能存在在触觉里。

这世界上有一个你可以完全用触觉去信任的身体吗？

好像回复到婴儿时的状态，徜徉在母亲的怀抱里。完全纯粹的爱，竟然是一种纯净的触觉。

在人类的文明里，触觉是禁忌最多的。

有多少东西，是只能看，不能触碰的。在美术馆里有多少"请勿触碰"的警告。然而，丫民，你发现吗？所有"请勿触碰"的警告，其实都诱发着我们潜藏的触觉的欲望。好像希伯来《圣经》里的"伊甸园"，上帝告诫亚当、夏娃，绝不可触碰那"知识之树"上的果子，结果他们就一定会去触碰。

我们的肉体在暗黑的夜里，可能会寻找多少触觉本能欲望的发泄吗？

我们是否甚至恐惧去感觉自己的身体？

那触觉的本能，使我们记忆起自己动物性的部分吗？

但是，我的身体里的的确确存在着一个动物，在那生命原初的状态，不是用大脑在思维，而是月身体在感受。

我感受到痛，要大声嚷叫起来，我感受到饥饿，这么真实的胃里的饥饿。我们身体的皮肤表面和内在器官，无一不是触觉。

我想拥抱什么，我的身体经历着巨大的空虚，我要拥抱一个真实的东西。

我喜欢"体贴"这个词，"体贴"便是真实的触觉，好像比"爱"更具体。

人类在礼教的世界把触觉本能压抑了下去，但是，触觉在身体底层呼唤我们。

雕塑家罗丹（Rodin）有一次看邓肯（Duncan）舞蹈，看完之后，情不自禁，便伸手要触摸舞者肉体。

也许，很少有人理解这个真实故事里艺术家的矛盾。没有强烈的触觉本能，罗丹不可能是出色的雕塑家，但是，他活在一个触觉成为禁忌的文明中。

我看罗丹的雕塑，他用手去抓土，捏土，挤压土，抚摸土，他在雕塑一堆土里满足了他触觉的荒凉，我们看到那土上的指爪的挤压，也被感动了，因为，丫民，是不是我们的触觉也都是荒凉的？我们好像是通过视觉，在罗丹的雕塑里填补了自己触觉长久以来的空虚。

这个假日，我想清空自己，我想被充满，彻底被充满。

第四封信

La vie est d'ailleurs

丫民：

我在旅途中，想起了19世纪末象征派诗人兰波（Rimbaud）年轻时写的诗句："La vie est d'ailleurs！"

有人把这句诗翻译成"生活在别处"，米兰·昆德拉用这句诗作书名，写了一本小说。

这句诗常被欧洲年轻、叛逆、追求解放、反体制与权威的青年们引为格言，有时书写在示威游行的看板上，变成口号，也变成标语。

"ailleurs"直接翻译是"别的""其他"的意思；生活可以不是现在这个样子，生活还有其他的可能。

兰波说的"其他"是一种流浪吧！一种孤独，一种心灵上的自我放逐，一种出走，从现状里出走。

走到哪里，或许并不清楚，但绝不要在原地踏步，在原地停滞不前。

丫民，我害怕生命成为固定的模式，接受僵化刻板的习惯，一成不变。我想从一切熟悉封闭的环境出走，生命一定还有其他的可能。

我年轻的时候，在一个大学工作过，看到和我年龄相差不多的同事，原来都有梦想，都想把一个新得来的工作，不仅只是为了糊口谋生，也真心热爱这个工作，把一个工作发展成有理想的、创造性的、终身的事业。但是不知道为什么，日子久了，一年过去，两年过去，日复一日，慢慢不知不觉，忽然发现，大部分的人，或者我自己也不例外，重复着固定的生活模式，占有一个职位，拥有一份薪水，害怕改换，害怕离开，职位和薪资变成生活唯一的动机。你开始听到对工作的抱怨，你开始看到生活里充满疲倦而又怨恨的表情，你开始嗅闻到一种生命在腐烂时发出的气味，你开始看到琐碎的斤斤计较与钩心斗角。生命在不能施展开创造性的怀抱时，人变得闭塞萎缩，好像紧紧抱着一点霉味的食物，舍不得放下，仿佛庄子形容的鸱鹦，爪下抓住腐鼠的尸体，紧紧抓着不放，以为是天下的美味，贪婪而又沾沾自喜。

丫民，我几乎也要变成那样的鸥鹭了啊！有一天，走过那学校的草地，春天草地上蹿冒起鲜黄灿亮的小雏菊，我看到一个年轻的学生，躺在草地上，破破的泛白的牛仔裤，脸上盖着一本《杨唤诗集》，不知道是不是睡着了。

我一刹时从心中涌起了泪，好像忽然和自己的前世相遇，失神地站着，年轻学生拿掉书，看到我，礼貌地坐起来说："老师！"脸上荡漾起明亮的微笑。

丫民，我至今不能忘记，那样年轻的笑容，像春天的阳光一样明亮。我在那个下午，决定辞去这个大学的工作，晚上打了一个电话，给在巴黎的学生说："我想到巴黎画画！"他爽快地回答说："来啊！我帮你找画室。"

因为年轻，这么勇敢，他们毫不犹豫，鼓励我出走。

丫民，如果你要做一个艺术家，那么，答应我，永远不可以腐朽衰老，你要一直那么年轻，不论你几岁，不论你可能有多少职位与薪资，你生命里有真正的追求，就大胆地出走！

真正的艺术家，不会把自己置放在安逸、有保障的固定生活里，不会是紧紧抓着腐鼠不放的鸱鹗，丫民，你要大胆飞出去，飞向广阔的世界。

日复一日的原地踏步，只会增加生命的腐烂萎缩。只有不断出走，不断重新出发，才能葆有活泼、健康而年轻的生命力，你也才能感受到真正创造的快乐，感受得到真正的美。

你要勇敢地怀疑你的老师、前辈，包括我在内，如果他们贪婪于现实生活的安逸，他们的生命已经开始腐败，不可能教给你任何有生命活力的东西，你要大胆而勇敢地捐弃他们，离开他们，超越他们，孤独地走出去。

我今天经过这个城市一条巷弄，在斑驳的墙上，看到张贴着一张泛黄的陈旧海报。我一眼认出了兰波，17岁时的他，刚到巴黎，发表了诗，被誉为文坛新星，他留下了这张照片。飞扬的头发，望向远方的如同在做梦的眼神，我一眼认出了他，看到海报上一行印刷的字体，标明着他的诗句："La vie est d' ailleurs!"

兰波的诗句，不会只是一句口号，他自己印证了他的生命美学，他从文学的生涯出走，在许多人赞美他的诗文的同时，他似乎有着比成名更重要的事要做，默默走向了自我放逐的流浪之路。

一百多年来，兰波的诗句，仍在这古老而又年轻的土地上流传，鼓舞着渴望活出自我心灵的青年，鼓舞他们对抗一切僵化的、没有生命力的教条、规范与体制，鼓舞他们对抗各种形式的压迫与禁忌，鼓舞他们为自由解放的生命争取更大的可能。兰波的美学，并不只是他的诗句，而是建立在他出走的生命形式上的。美学并不仅仅关系着艺术，却更关系着生命的本质啊。

丫民，我在旅途中，没有决定下一步走向哪里。

或许，去看看 C 和他的妻子，他们刚有了新生的婴儿，我可以感觉到，他们即使有些窘困的生活里，因为孩子的新生，也有欢欣喜悦。

　　他们告诉我最近的一些工作状况，我为他们的持续创作高兴，知道他们有丰富精神上的满足，物质生活的窘困，并没有改变他们的初衷。

　　我今晚看了一场舞蹈，表演者是一名盲人。他在舞台上旋转，一次又一次旋转，每一次旋转停下来时，他都准确面对观众，旋转的次数多了，每一位观众都发现了表演者肢体传达出的惊人的准确度。他是盲人，但是他对时间、空间，掌握得比非盲人更准确。

　　表演结束，有一个小小的酒会，许多宾客向表演者道贺，恭喜他演出的成功。

　　我望着他，在人群中，不知道为什么，他看起来异常孤独，我远远望着他忧郁而苍白的面孔，面孔浮在暗黑的空中，像一张面具。

我靠近他，他转过头来，用没有眼瞳的两只盲人的眼睛看着我，望得很深，好像一直望进我的灵魂里去了。我伸手想触碰他，手一伸出去，他即刻握住了我的手，好像他一直知道我的手停止在空中某处，等待他来握住。

他握住我的手，诡异而友善地笑着。

"你真的看不见？"我问。

"我看得见我要看见的。"他再次神秘诡异地笑起来，这次显得有点调皮。

"你在旋转的时候，不管转多少次，一停下来，就面对着我，你知道我在哪里吗？"

"我知道你在哪里！"他严肃地点点头。他说："我不是用你们的眼睛在看。你们的眼睛是不准确的。我用我的身体寻找你。我的身体告诉我最准确的方向、位置、空间以及——"他又诡异地笑起来，握着我的手，举起来接着说，"善意和爱。"

丫民，我在一个神奇的经历里。

我第一次经历着一种美，是这么纯粹的触觉。

他纤细修长的手指，好像从花萼中长长伸出来的雄蕊、雌蕊，在空中颤动着，仿佛散播着带符咒的花粉。这个夜晚的天空，都因为这些四处飘扬的粉末，像着了魔。那些星辰和天河的旋转，那些晚云在黑夜里的行走，那些偶然飞过的夜莺留在空中的歌声，那些不曾睡眠的缤纷的蝴蝶，一一翩翩展翅飞翔。巷弄因此都像河道，夜归的人都漂浮在水上。

丫民，那个盲舞者说：你的心还足够年轻吗？否则你如何听得懂我手指的语言。

他握住我的手，他牵引我的手去触碰一片板栗树的叶子，我感觉到锯齿的叶缘、狭长的叶脉，每一条修长的叶脉，像一条河，又分岔出许多更细小的支流。

他牵引我的手，去触碰地上的一块石头。石

头沉甸甸的重量，像怀着胎儿的子宫，像贮藏许多记忆的头颅，像一颗充满梦想的心脏。

一只鸽子飞过去，落下一根羽毛，羽毛在空中旋转，他伸出手，轻轻接住，盛在手掌中。他说：这曾经是一片橡树的叶子，因为做梦，变成了鸽子的羽毛，你用眼睛看，完全不一样，但是用掌心去感觉，它们是一样的，它们有一样的梦。

丫民，我怕我衰老了，感觉不出一根羽毛的重量。

我跟自己说，不要急着画画啊！去看一看纷纷坠落的树叶，去看一眼飞过的鸽子掉落遗失的一根羽毛，伸出手，用掌心去承接，像承接生命里最珍贵的东西。

丫民，你猜，我承接到了什么？

一滴泪水！

我感觉到掌心冰凉的一滴，以为是下雨了，

但是雨没有这么孤单，也没有这样轻盈的哀愁的温度，比体温低一点，但不全然是冰冷的。

我说："你还在吗？"

没有任何声音回答。

我可以张开眼睛，看一看它是否还在，或是趁我在抚摸树叶羽毛的欢欣里，已悄悄离去。

但我不想张开眼睛，我想完全关闭掉视觉，沉湎在更彻底的触觉的快乐里。

丫民，触觉真的如此禁忌吗？

我尝试感觉一张脸，脸上轮廓分明的五官，凸起圆满的额头上，有一条一条的皮肤的皱褶，因为忧虑或惊慌，两眉之间，也有折痕。眉毛摸起来，像细细的草。那闭着的双眼，我仍然清楚感觉得出，眼眶里面，一个球体微微上下转动。丫民，不要用想象，不要用视觉去看，试试看，用手去触摸。我们欠缺太多触觉的教育。

触觉里才隐藏着许多创造的秘密。

鼻梁的骨骼，像一种硬石雕刻，鼻尖要柔软多了，两侧的鼻翼，则有细致的弧线的转折。

我的手指，学会了一种探险，上唇一排硬扎扎的胡须的根茬，很像故乡收割以后留在田里的稻茬。我童年的时候，喜欢在干涸的田地里翻滚，闭着眼睛，一路滚下去，嗅闻着稻茬切断的地方，散发出的辛烈植物的气味，也感觉着稻茬在身上扎刺得又痛又痒。我觉得是我和稻梗之间秘密的游戏，隔着衣裤，那扎刺的记忆，留在我的颈窝、胸、腹、肋骨两边，留在我的腋下，有点痒，我禁不住咯咯笑起来，留在我的鼠蹊、大腿、足踝，甚至脚掌和脚趾间。我全部的身体，感觉着土地和稻茬厚实而且顽强的存在，不是透过想象，不是有距离的视觉，是真真实实留在我身体上的记忆。

丫民，有多少记忆是纯粹属于触觉的？

那一个初春，山上的细雨，一丝一丝，飘落

在脸上，那么轻细的雨丝，无边无际。你仰面向天，闭着眼睛，觉得自己是等待雨露滋润的土地，把整个身体打开，承受着一种难以形容的幸福的滋润。

青年时在深山溪涧泅泳，潜到几股回流深处，让身体在水流中浮荡旋转，那些水流，交互缠绕着，好像许多抚摸你的柔软的手指。

你还记得赤裸的脚心，踩踏在沙滩上的快乐吗？潮汐一波一波地袭来，脚下的沙，一步一步都在移动，脚掌陷下去，被沙包裹，沙砾留在脚趾缝隙，使你想起吃番石榴时，留在牙齿缝隙一粒坚硬的子，常常剔不掉，却真真实实存在在那里。

丫民，我们许多纯粹触觉的记忆，好像全然没有意义，脚趾间的细沙，牙齿隙缝间的番石榴的一粒子，它们存在着，没有道理，却那么真实，没有这些，生活会变得空洞而虚假。艺术并不只是看画展、听音乐会、高谈阔论，艺术更应该是回到自己真实的感觉。

我有时候用舌尖去安抚某一颗牙龈上的痛，牙龈上的痛，持续了很久，并不剧烈，却一丝丝地隐隐发作着。我的舌尖，不自觉地会去寻找那一个牙龈上的痛点，轻轻地安抚着，好像小时候生病发热，母亲不断用手抚摸着我的头。

触觉里有真正的关心和安慰吗？

我的一个朋友，陷在巨大的悲哀里，我去看她。我见她憔悴沮丧。知道任何语言都于事无补，便上前紧紧抱住她。她安静地靠在我的肩上，许久许久，我感觉到她身体里的无力和绝望，我感觉到她身体的某种痛，没有任何言语可以安慰，但她感觉得到我在，感觉得到我的体温，感觉得到我的身体此时可以依靠。

身体或许才是真正的爱吧！我们常说的体贴，不正是身体的贴近吗？

我们自己痛过，我们当然知道他人身上的痛。

一本谈生物的书上说：生命存活，最应该感

谢的是——痛的感觉。没有痛,生命没有思考,没有反省,没有修正与痊愈,生命也不会健全。

痛,不是视觉,不是听觉,痛,是触觉。

我听过大提琴家傅尼叶(Fournier)的一场演奏,在20世纪的70年代末吧。那时候他年纪已经很大了,中了风,行动迟缓而艰难。他从后台出来,蹒跚着走向舞台中央的椅子和乐器旁。走得很慢,手脚都有些僵凄。观众鼓掌,他并不答礼,仍然安安静静、迟缓却坚定地走向他的位置。

有些观众热泪盈眶,他们了解生命在剧痛中,而此时,人的自我意志的坚定,多么可贵。

傅尼叶走到他的位置,坐好,调弦,拉弓,琴声缓缓地流出。那是巴赫的《大提琴无伴奏》,我听过很多次,但从来没有听过这样澄静如水的演奏。傅尼叶始终闭着眼睛。他的左手扣在弦上,右手平静持弓,每一个颤音的延长,都是那样的平稳。他扣在琴弦上的左手,手指变动很慢,一点都不激昂。我忽然很想是他的手指,梦想紧贴在弦上，去感觉那紧绷的弦最细致最细微的颤动。

他听得到琴的声音吗？或者，他可以纯然依靠指尖上的触觉，控制旋律的起伏、轻重、转折，好像书法家毛笔的抑扬顿挫。

音乐竟然是一种触觉吗？

丫民，我经历过那一次演奏，经历了平静沉稳的伟大声音下面，不可思议的澎湃的热情和巨大的痛。

一个音乐家，用身体感觉他的乐器，大提琴、钢琴、箫、笛或鼓，或许并没有太大的不同吧。

你可以试试看，在下一次音乐会中，用触觉去了解声音，也许是用整个身体，去感觉空气中非常细微的分子的震动，也许是发现原来声音也是一种触觉，经由耳膜的震动，传播到心里，传播到身体的每一个部位。我们并不只是听到，我们事实上是被"震动"，好的音乐，使你每一个毛细孔都震动起来。

我们讨论过，只有视觉、局限在视觉的画家，很难在绘画创作上有大的突破；同样地，只有听觉的音乐，只限制在听觉的音乐家，没有生命全面的关心，毕竟无法创作出打动人的作品。

德彪西的音乐里有许多潮水在细沙间渗透的质感；斯特拉文斯基常常有铁轨上轰隆隆的碰撞，也像铁钻、铁锤的猛力撞击。

你一定要引领自己深入触觉世界的深处。触觉最隐密的部分，你都不能逃避。

丫民，你一定狂热爱恋过一个身体，回忆一下吧，回忆一下你在那身体里经历过的所有的触觉，那种颤栗、那种悸动、那种狂喜与巨大的痛的昏眩；你的手指，你的耳鬓厮磨，你的身体里每一个分子的体贴、纠缠、挤压、环抱，全部是触觉。拥有的快乐与失去的恐惧，害怕分离的哀伤与合而为一的陶醉，全部交错混合在触觉里成为记忆。

丫民，你彻底找回触觉记忆里的笑与泪，再开始画画。你必然比我更了解你自己身体的大痛与大爱！

第五封信

Andrei Rublev

ㄚ民：

　　我在俄罗斯古老的弗拉基米尔（Vladimir）修道院看到了安德烈·鲁勃廖夫（Andrei Rublev）的圣像画（icon）。

　　属于东正教系统的圣像，看起来有一种肃穆和悲苦的美。用蛋清调和色粉，画在裱贴麻布的木板上，用深暗褐色打底，再一层一层提出亮度的层次。圣像画与现代艺术急于表现自我的目的不同，在虔诚的宗教信仰下工作，"圣像画"使我着迷的，是一种纯粹工匠日复一日手工的谦逊。

　　美，不会使人自大骄傲，真正的美，使人谦逊。

　　你看过俄罗斯导演塔尔科夫斯基（Tarkovsky）拍摄的一部传记片《安德烈·鲁勃廖夫》吗？

　　那个距离我们很遥远的中世纪，当南方欧洲的意大利、西班牙、法国，陆续开展了近代文明的文艺复兴运动，远在寒冷北方大地的俄罗斯，才刚刚脱离鞑靼人残暴的统治，形成各自独立的封建城堡。大多数的农民如同奴隶，附属于土地，从事夜以继日的劳动，任由贵族地主买卖驱使，随意鞭打或凌虐处死。

塔尔科夫斯基的传记片，使我看到一个杀戮、战乱、饥荒、瘟疫、无理性的、非人的黑暗岁月。

那样的岁月里，一名以绘画为职业的工匠能够做什么呢？

安德烈·鲁勃廖夫，攀爬在教堂的墙壁上，制作圣像画。

圣像画的形式非常严格，常常是师徒相传，形式、内容和制作方法都不能有太大改变。

现代强调个人创作的艺术，也许很难了解圣像画中似乎一成不变的传统。

丫民，现代西方的艺术追求个人表现，强调每一个个体创作的独特性。

但是，人类在漫长的文明中，艺术大多并不是为了个人表现，并不是强调或夸张你与我、我与他的不同。相反地，是透过一个师徒相承的传统，遵循着人类共同的信仰的规则。

从现代艺术强调个人表现的角度，很难理解安德烈·鲁勃廖夫的圣像作品。

我站立在他的圣像前，凝视圣母怀抱着圣婴，这么一成不变的形式，这么陈旧的内容，在数百年间，一再重复，不知道为什么，丝毫不使我觉得刻板陈腐。相反，画家似乎在沉默安静的工作里，努力去理解众人的信仰。那些被鞭笞的农奴，那些终生劳作而不得温饱的伏尔加河上的纤夫，那些无法医治的残疾的、呻吟哀号的病患，那些在战乱中失去亲人的母亲或儿女，他们从四面八方走来，匍匐在圣像前，亲吻圣像的脚，仰望那无语却无限慈爱的面容。他们流着眼泪，相信生命中还有救赎的可能。他们的救赎这么简单，他们相信，母亲如此安详温暖地怀抱着婴儿，就是救赎了。

丫民，我尝试使自己离开艺术的位置，我尝试使自己谦卑到只是一个单纯的信众，因为身体或心灵的痛苦，走到这些圣像前，渴望救赎与解脱。一张圣像内含的信仰的力量，就不是现代强调个人表现的艺术可以理解的。

丫民，我在那阒静的修道院夕阳斜照的长廊想到了你，想到你为罹患不治之症的母亲焦虑时写给我的信，想到你说母亲肉体饱受非人的折磨，使我几乎要诅咒上天，上天何以要如此残酷待她。

你终于并没有诅咒，却是在极度绝望时去了一所庙宇，在神前拈香祈愿。

你说，我的祈祷这么简单，我祈求母亲可以奇迹般地痊愈，或者，如果不能痊愈，使她可以免受太多肉体的痛苦。

丫民，这不是所有信众的祈愿吗？这么简单，却这么具体。

弗拉基米尔，一个小小的城镇，到处都是

圣堂和修道院。那些如今被誉为艺术杰作的安德烈·鲁勃廖夫的圣像，一一悬挂在这些圣堂和修道院中。苏联革命之后，圣堂和修道院关闭，那些圣像在封闭的空间里近一世纪之久，我静静走过长廊，在夕阳斜照的幽暗的光线里，觉得那些慈爱的面容有特别悲悯、重新俯听信众祈愿的表情。

丫民，安德烈·鲁勃廖夫遵循的是一个信仰的传统，所有圣像里的面容和手，充满了接纳信众的谦逊。因为懂得苦难，才会谦逊，才有信仰，仅仅只有美，或许是不够的。

丫民，你可以想象，有一天，你的绘画，不是陈列在画廊或美术馆供人评论欣赏，而是悬挂在信众聚集的庙宇或圣堂，使身体或心灵受苦的人获得安慰或支持的力量吗？

你可以想象吗？有一天，你的艺术，不再只是被评论赞美，不是只被谈论到观念技法多么创新，而是悬挂在圣堂，使受苦者真心愿意跪下，谦卑匍匐，相信救赎与解脱？

这是两种多么不同的艺术的方向，一个寻找美的个人表现，另一个却走向众人善的修行的道路。

美与善，相互冲突吗？或是如同 19 世纪末俄罗斯伟大心灵的救赎者托尔斯泰在晚年的期待，在美的全面开展里寻求向上的、善的、信仰的提升？

现代的西方美学，习惯把"善"分离出去，"善"被归属在伦理学的道德范畴，以期使"美学"可以更纯粹。

托尔斯泰的美学却显然更期待美与善合而为一的方向。

丫民，在安德烈·鲁勃廖夫的圣像画前，我的确没有想到"透视""结构""解剖学""色彩学"这些托尔斯泰认为属于艺术"外部规则"的技法或形式。我凝视着圣像画里沉稳的色块，刚硬的线条，特别是圣者面容中深沉慈悲的力量，好像有一点了解了托尔斯泰所说的艺术更应该遵守人类共同生活信仰中的"内部规则"。

或者，我应该说，安德烈·鲁勃廖夫是用绘画在修行吧。修行，通常不是与他人的论辩，而是更坚定地回来与自己内在心灵世界的信仰对话。

我可以很单纯地坐在这所古老修道院僻静的角落，看妇人、男子陆续前来，列队等候瞻仰圣像，等候在圣像前匍匐跪下，祈愿和感恩，别无复杂的言语。

安德烈·鲁勃廖夫的画，使我想起这块土地上劳动者作为主食的一种面包，黑麦掺和粗制的杂谷，没有高度发酵，带着一点酸苦，咀嚼起来很硬，厚实而顽强，正如同这土地上劳动者的生活。

丫民，我们吃惯了非常精致而松软的面包，一开始，这样的面包，是很难习惯的。

我二十多岁时很喜欢阅读高尔基（Gorky），读他的《童年》《母亲》《在人间》和《我的大学》，尝试从他朴实的文字里咀嚼出俄罗斯伏尔加河两岸土地上人民生活的劳苦与顽强。

第一次吃到俄罗斯修道院中这种粗黑酸苦的主食，放在口中，便回忆起了高尔基文学的滋味。

丫民，你相不相信，我们的味觉里存留着许多生命的记忆？

我童年的时代，故乡的生活多半不富裕，物质匮乏，食物的种类很少。

记忆里，早餐的白粥，或者搅拌酱油，或者搅拌白糖，常常没有佐食的菜肴。

儿童多半爱吃糖，一碗搅拌一汤匙白糖的稀粥，成为我们长大以后还津津乐道的回忆。

故乡在我童年时，盛产甘蔗，蔗糖是廉价的食品，却是我最早的味觉上幸福的记忆。

好像在许多民族的语言中，"甜"的味觉也都与幸福有关。"甜"是不是童年最初很单纯的一种味觉满足？

那种甜味的快乐，会一直停留在记忆里，那种味觉上"甜"的记忆，有一天会扩大成为另一层次在心灵上的愉悦或幸福的滋味。

我们从舌头口腔中"甜"的味觉反应，逐步发展，把一个心爱的人叫"甜心"，把心里幸福的感觉叫"甜蜜"，把人们讨人欢心的话语叫作"嘴巴很甜"。

显然，"甜"（sweet）有两个层次的意义，一个层次是舌头味觉上生理的反应，另一个却已提升成为心灵上的幸福愉悦满足。

我总觉得雷诺阿（Renoir）的画很"甜"，暖色调用得很多，橘红、粉红，明度和彩度都很高，追求愉悦洋溢的幸福感，没有沉重忧苦的因素，也是一般大众很容易喜欢的画家。

用味觉谈论绘画，好像已经有很长的历史。

中国南朝齐梁时代的画家谢赫写过《画品》，用"品味"来分别绘画的高下优劣。同时，也有一位文学评论家钟嵘写了《诗品》，也用"品味"鉴别诗的高下。如果读《世说新语》，常常用到"人品"，连生命的意境，也用味觉来品评。

"品"变成了中国美学里非常重要的一个字。从六朝迄今，有近一千七八百年的历史。

其实，西方的文字中有几乎一样的用语——taste，也翻译成"品味"。

显然，"味觉"，已经不纯然是生理的反应，味觉留在身体中，变成生命中各种不同感受的记忆。

一个人经历了各种生活的变化起伏，从幸福到失意，从失意到艰难，从艰难到放肆沧桑，从沧桑到沮丧绝望，我们会说，这个人的生活真是"五味杂陈"。

"五味"，五种味觉的感受，甜、酸、咸、辣、苦，变成形容生命状态的五种精神与心灵上的感受记忆。

小孩子总是爱吃糖的，未经忧患焦虑，"甜"味好像是单纯的幸福满足。

读小学的时候，有家里的长辈从美国带回一盒"白脱糖"，后来才知道是英文"butter"的音译。圆圆的一个球，用色彩华丽的纸包着，母亲怕我们偷吃，放在六个孩子都够不到的高处，偶然晚饭后，慎重地拿下来，一人分一颗。我们小心翼翼，含在口中，让糖的甜味慢慢在口腔中化开，那芳甘的甜味滋润蔓延，仿佛童话故事的幸福结局。

如果可以一生停留在甜味的快乐里，会不会是一种幸福呢？

我那个年龄，大约七八岁吧，没有能力思考那么多。记得我每次走过那盒糖的下面，仰头望着，便觉得那里仿佛是天堂，都是满足与幸福的甜的滋味。

稍稍大我一些的姐姐，读初中了，常常独自一人沉思，好像有心事，不那么和我抢糖吃，却总是怀里揣着话梅、酸芒果干之类的零食，没事嘴里就含着一颗。我嘴馋，要了一颗，含了一下，酸得皱起眉头，赶紧吐出来，不能了解为什么有人会喜欢这样的酸味。

丫民，你喜欢过酸味吗？像未曾熟透的芒果、橘子、凤梨，刺激着味蕾，连一想到都要分泌出津液口水。你无意间吃到过期的食品吗？那种酸馊是食物开始腐烂发酵时的一种酸。

酸是没有熟透，或过期后发酵的气味吗？

酸在味觉上显然没有"甜"那么单纯，"甜"味过时发酵也变成了"酸"。

我到了初中，刚发育不久，生理上的变化，产生了奇怪的生命经验，常常无端忧愁起来。有隐秘的爱恋，却私自藏在心里，容易嫉妒，患得患失，好像童年单纯的甜味的幸福已经远去，开始品尝酸味中难以言喻的复杂感受了。

那个青春期的岁月，喜欢喝不放糖的柠檬汁，喜欢在面里调醋，同伴们看到，便一语双关地嘲笑说："喜欢吃醋啊！"

"吃醋"这个词用得很普遍，大家也都知道意思。

"吃醋"里隐含着对得不到的东西的失意感或嫉妒心，显然不是"甜味"的满足。在青涩的年龄，生命已有了似懂非懂的失落的忧愁吧！

我们把"醋"引申为嫉妒，或者比嫉妒更轻微一点的不满足。

我们也说：这个人说话好酸。

"酸"与"甜"不同，酸味里隐藏着不满足的一点失落感。

丫民，为什么我们总是用味觉在形容生命的状态？味觉在我们身体里如此记忆深刻吗？

酸味其实还可以细分。我喜欢青柠檬的酸，没有完全熟透的果子焕发着的新鲜的酸，有一点刺激，却很年轻，是一种带野性的酸。

有一种酸却是食物腐烂的馊酸，酸味里带一点物质在败坏时分解出来的警告，使人不舒服。

中国常常用"酸"形容文人。"酸文人"指读书人志向不得伸展，郁闷久了以后变得自怨自艾，怨天尤人，爱发牢骚的酸腐。正如同食物腐败的馊酸，嫉妒里带着伤害性的尖刻。

西方也有"酸苹果奖"，常常用来作负面的讥讽。

"酸"显然也不只是味觉了。

许多西方城市的中国餐馆，习惯性地为了适应当地顾客的口味，把许多菜都加糖加醋，做成"甜酸"的口味。

"甜酸"的混合，是味觉的大众性习惯。单

纯的"甜",可能太腻了,我童年时因为"白脱糖"把美国视为天堂,长大以后,在美国住了一段时间,很难接受他们的甜食文化,冰激凌、巧克力、各种甜甜圈,幸福满溢到这般地步,似乎也不是"天堂"。也许在"甜味"中适当加一点调和性的"酸",恰如其分,使生命的滋味不会只是单调贫乏。

历史短浅的文化,常常是嗜吃甜味的,也许是某种幸福吧!但是从生命美学的角度,却可能是一种遗憾。

生命,真正丰富的生命,丫民,也许不只是五味杂陈,而是百味杂陈啊!

以前常听长辈说"盐"是五味之首。

的确,我们几乎不会单纯吃盐,但盐却是料理中不可或缺的主要佐料。

所以,咸味竟是五味中最主要的基础吗?

我喜欢《圣经》里一句传道的话:如果盐失

去了咸味，还应该叫它盐吗？

咸的味觉，不是甜味的幸福，不是酸味的失落，咸的味觉，使我联想起血或汗，联想起奋力的劳动的身体，联想起沉默而踏实的生活。

小时候有一种用盐腌渍的鱼，一小块，可以配着吃好几碗白饭，那种咸味，使我回忆起生活里的简朴、刻苦、俭省。

咸味很难像"甜"或"酸"，单纯发展成一种味觉在精神上的引申。咸味太平凡了，平凡到容易被忽略，但是深思起来，"甜""酸"有时都可以不用，都有一点装饰性，咸味好像才是踏踏实实的生活，不可或缺。

丫民，我们今天生活在物质丰裕的年代，食物很多，为了吃更多菜，盐都放得不多；劳动、运动都少，排汗也少，更不需要盐。生活里咸味越来越少，渐渐不知道盐的重要了。但是，完全没有盐，身体是会生病的。你觉不觉得，安德烈·鲁勃廖夫的画，带着淡淡的咸，加一点点的苦。当然，不细细品尝是绝对品味不出的。

我想起在军队服役时的行军，在烈日下一走好几天，流了满身汗，湿了又干，干了又湿，没有停下来换洗的机会。几天后，衣服后背就结了一层白白的盐渍的痕迹。

我在味觉的回忆里，一一整理了自己不同年龄的种种感受，童年的甜，青春期的酸，服军役时的咸，它们错综复杂，从味觉变成精神上挥之不去的记忆。丫民，如果你有兴趣，下一次要和你谈一谈味觉里的辣与苦。

你也要开始准备去品尝生命不同的滋味了吗？

第六封信

苦

丫民：

　　清晨起床，阳光很好，决定为自己做一道菜。

　　剥了几颗蒜瓣，去除掉外面薄薄的带浅紫色的皮膜表层，露出一粒一粒光洁莹润如玉的蒜仁。我用利刃把它们切成薄片，蒜心带一点青绿，空气中洋溢起清新的蒜的辛香。

　　我开了火，把钢锅热了，倒进橄榄油。等油热起来，放进蒜片，听到吱吱的声音，锅里也腾起焦香的一阵蒜味。

　　蒜片炒到焦黄，我又剥了一颗洋葱。洋葱的外皮是褐红带金黄色的，在掌心中，刚好一握的洋葱，掂在手里，沉沉的，有一种实在饱满的感觉。

　　一颗完整的洋葱，使我想起威尼斯或俄罗斯教堂的圆顶，圆滚滚的，有一个尖。剥开后的洋葱，一片一片，好像紧紧守护着什么重要的珍贵的东西。

有一个电影导演说过，看一部好的作品，好像剥洋葱的经历，总觉得一层一层剥开，最后会突然有什么意想不到的结局，但是，其实并没有结局，结局也就在一层一层剥开的过程本身。

只有真正的创作者才会有这样的领悟罢。

一支乐曲、一首诗、一部小说、一出戏剧、一幅画，其实往往并没有什么最后的结局，它们只是像不断剥开的洋葱，一层一层打开我们的视觉、听觉，打开我们眼、耳、鼻、舌、身的全部感官记忆，打开我们生命里全部的心灵经验。

我一片一片剥开洋葱，剥到最后，并没有出现一个令人惊异的核心。或者，如果有核心，那不过是一个虚拟的核心，并不真实存在。如同我亲历过的最难忘记的动人建筑，最美的部分，往往不只是外在可以看到的形式，而常常是一层一层形式包容住的那一个虚拟的内在空间。好像达·芬奇说的，一座好的教堂，应该使人感觉到是进入了人的内心世界。内心好像并不是实体，而是一个虚拟的空间。

我剥完了洋葱，看着那一片一片透明白玉般微透青色纹脉的鳞瓣，觉得造物的奇妙。切碎洋葱时，辛辣刺鼻的气味，弥漫在空气中。有些呛鼻，眼睛也刺得睁不开，涌出了眼泪。

有什么我看不见的细小分子，存在在空气中，刺激我的泪液。

我又开了火，把油滚热，把切碎的洋葱倒入锅内，锅中爆起响声，我用木勺快炒，洋葱和着蒜片的焦香，热腾腾地冒起来。

丫民，我写到这里，觉得好笑起来。我在教你调制一道料理吗？

我只是觉得有许多珍贵的感觉，存在日常生活中，生活粗糙贫乏匆忙，其实是没有艺术可言的。大部分时候，美是心灵上的感受，"忙"是心灵的死亡，生活一忙，心灵粗糙了，也就难以感受美。

我的"菜谱"还没有写完，你有耐心听吗？

我洗净了大葱，大葱很粗，足足有两根手指宽，壮大饱实。下面一截青白的根茎，上面是深绿带黄的葱叶。最下面一圈根须，还沾带着泥土，可以想象当初紧紧抓着土地直立的样子。

我把大葱斜切了，看到葱白里一层层细细包裹的薄膜般的组织，严密而美丽。我把葱白也放入了锅中。

从一个陶瓶中取出三片干的月桂叶，你知道，希腊神话里阿波罗追逐着美丽女子达芙妮，她不断奔跑，不愿意做阿波罗的爱人，最后她变成了一株月桂树。17世纪意大利的雕刻家贝尼尼（Bernini）做了一件雕塑，阿波罗在后面追赶，刚刚碰到达芙妮，她一刹那间，忽然变幻成了一株月桂树，高举的手指，飞扬的发梢，都变成了在风中颤动的月桂叶，身躯也形成了一棵树。

很多人千里迢迢跑到罗马的美术馆看贝尼尼的名作，然而意大利居民烹调料理，都喜欢加月桂叶，他们在月桂的香味里，重新咀嚼品味，神话里的达芙妮好像真的变成了一株美丽而且有香味的树，艺术文学的记忆和生活的记忆交融在一起。

我把月桂叶揉碎，凑近口鼻，月桂的香很淡，像一个夏天黄昏最后流连不去的光，若有若无。

月桂叶会被蒜片及洋葱的辛烈冲鼻的气味掩盖吗？好像不会，我加入了洗净去皮的红番茄，加入了水，那些揉碎的浅石绿色的月桂叶便浮在水上。它们很确信自己的存在，气味这么淡，但那香气随着水煮沸后转小火的焖炖，停在一切浓烈的气味之上，悠长而持久，好像许多激昂的旋律底下那连续不断的大提琴沉稳的低音。

有人问我，这道菜，不放月桂，会少了什么吗？

我想了一下，不知道如何回答。我想到"淡"这个味觉。与浓烈相反，"淡"没有刺激性，像东方文化里的豆腐、笋、茶，味觉很淡，却又十分长久。

宋代的美学常常提到"平淡"，认为是最高的美的意境的领悟。有点像苏东坡的句子"回首向来萧瑟处，也无风雨也无晴"吧，生命经历了风雨的凄楚，经历了晴日的欢欣，也许最后回头，回想一切，就有了"淡"的领悟吧！

所以，浓烈过后，才能品味"淡"的悠长隽永吗？

丫民，此刻我便坐在书桌前，闻嗅着一阵一阵炉台上传来的番茄、蒜片、洋葱的浓烈，及月桂叶在小火炖煮中释放出来的淡淡的气味，像一个最好的乐团各种乐器的交响，重击的声音与极轻细的弦乐上的颤动，都有它们存在的意义。

我又放了少许粗颗粒的海盐，再次想起你从南方回来时身上的气味。我又用研磨机磨碎了一种黑胡椒，那种特别干燥的胡椒的香烈，也加入了汤中，又倒入了两杯白葡萄酒，酒香好像一种引诱，立刻就逼出所有的气味，它也找到了月桂叶淡淡的香，融合起来，浮荡在汤底。

丫民，我不应该这样引诱你的食欲，或者，你可以全凭想象，构造起一个丰富的味觉世界。

我没有把我的食谱说完，我要留给你一点想象的空间，那道料理中还有鱼骨、贝壳、乌贼、九层塔。或许等这封信写完，我就可以品尝这道菜肴了。

我好像因此懂得了，为什么六朝时代，谢赫和钟嵘要用"品"这个字来谈论绘画与诗。

我好像也因此懂得了，为什么文艺复兴以后，城市的中产者同样用"品味"这个词来品评音乐、文学、艺术，甚至人们的发型、服饰与仪容。

许多人误会，以为"品牌"就是"品味"。

"品牌"可能价格昂贵，但是，"品味"可以很素朴简单，"品味"需要的不是物质的贵，而是心灵上的自信与从容。

"品牌"常常只是盲目地跟从流行，"品味"

却需要自己细心的学习与感受。

"品牌"是附庸风雅，"品味"是发现自己。一个社会，只有"品牌"，而无"品味"，其实是没有"美"可言的。

我们的味觉在一生中有一个漫长学习的过程。

从童年甜味中学习了幸福的向往，从青春期的青涩少年时代，学习了失落、忧伤，感受到酸的味觉中悠长的孤独。

那个沉溺于啜饮柠檬水冰酸味觉的少年时代，离我已经很遥远，但是，不曾消失。那青苍而忧悒的心事，仿佛变成墙壁上一张泛黄的陈旧黑白照片，有点褪色了，但仍然轮廓分明，使我即使在即将衰老的中年，看到一名少年呆坐在一杯柠檬水前，两眼发呆，啜着吸管，我便可以回到那昔日的心事，有许多理解与心疼，也知道这个少年，除了酸味，还有更辛苦的味觉在人生的后面，等他品尝。

我说了"辛苦"吗？

丫民，我们或许已经遗忘了，"辛"和"苦"都是味觉。

"辛"常常被记录在汉药和某些香料植物中。花椒以及胡椒都带"辛"味，有一点刺激，有一点麻的触觉，却还不到"辣"。

在味觉上，"辛""辣"常常被合在一起。"辣"这个字本身有"辛"的部首，是更刺激性的"辛"味吧！

有时我想象那个被称为"神农氏"的古老年代，古老到还没有历史，没有文明，古老到一切都还像是洪荒中的神话。人类在旷野中行走，品尝着不同的植物、矿物。有的甜，便欢欣了；有的酸涩，便皱起眉头；有的辛辣，嘴唇舌头都像被火燃烧了一般。他们走到海边，一定记忆了那些岸边白色颗粒的盐的咸味，他们一定也在山林间吃到了一些植物的茎叶，吃着吃着，舌根泛起一片沉重的苦味，苦到咽喉，苦到肠胃里，呼唤起记忆里奇怪的一些痛，不是肉体上的痛，是心灵上失去希望的痛，好像爱过、拥抱过的身体忽然不再动了，不再有笑容，不再发出声音，怎样摇动，都没有反应。那守护着尸体的人，从喉头嗥叫出声音，好像心里很痛很痛，好像心里有一个空空的洞，怎么也填不满，他们忽然记忆起来，那个"痛"这么像这种植物根茎咀嚼时的苦味，便把"痛"和"苦"连接在一起。

所以，丫民，"苦"是一种味觉吗？或者，"苦"已经从味觉扩大，包容了许多生命中复杂的痛的记忆。

辣，也是一种味觉吗？

我们却常常形容一种女性叫"辣子"，像《红楼梦》里的王熙凤。有原始野性的生命力，性格热烈显明，甚至有肉体上欲望的刺激性。

我们把这样带着原始野性欲望的女性叫作"辣子""小辣椒"，形容她们很"泼辣"，或者做事手段很"毒辣"。

"辣"的味觉遗留在人类的记忆里，强烈而且鲜明。

"辣"，很少用来形容男性，男性即使很野，却不会被认为"辣"。"辣"的味觉中似乎还有逾越规范的某种叛逆性，更具备原始动物性的挑逗与引诱。

现代汉语中有"辣妹"一词，仍然看得出，"辣"的味觉依然附属在女性身上。

男性主导的文明，女性受到更多规范与压抑，一旦背叛约束的礼教，便显现出"辣"的味觉本质。

有些地区的食物料理是以辣味出名的。印度咖喱中的辛辣，辛香多过于辣。东南亚泰国料理中多把辣味调和在酸味中，仿佛也使辣味降低了火爆的刺激性。

中国北方及西北方的辣，常常是正宗的辣。用热油爆炒的辣，加咸味的辣，都使辣更原始、更纯粹。那种辣，有时近于酷虐的痛，一般人难以理解，为什么这样的酷辣会是美味，但嗜好者却常常上瘾，无法戒除那痛中的快感。

丫民，我想到了原籍中国北方的母亲。她的辣椒都是自己种的。特别挑选够辣的朝天椒，留下种子，栽培了以后，等候收成。朝天椒很小，一个一个，椒尖朝上，鲜红鲜红，在一丛丛尖尖的绿叶中，特别醒目。

母亲摘下这些辣椒，在墙头晒干，用杵臼捣成细粉末，用热油炸，一屋子都是辣味，逼出鼻涕眼泪。我一直抗议，无法了解母亲味觉上这样的怪癖。

她吃面就用这种辣油佐食，不需要任何其他食物，或者涂抹在馒头上，厚厚一层，叫作“辣椒汉堡”，一面吃，一面流眼泪，大呼过瘾。

母亲老年，胃病加肾脏病、高血压又兼糖尿病，医生严厉禁止吃辣椒，但她戒不掉，常常和全家人做辣椒保卫战。

丫民，母亲过世后，我在想，味觉里存在着一些乡愁的魔咒吗？

味觉是这么漫长的人类记忆里的瘾，像一种伤愈后的疤痕，总是留在身体上，如何也忘不掉啊！

安逸幸福的地区，很难了解彻底的味觉上的"辣"与"苦"。顶多是在"甜"中加上点"酸"而已，毕竟只是少年的忧悒吧，那忧悒分量不重，离"辣"和"苦"的沧桑都很远。

你熟悉的麻辣，"麻"来自花椒，更近触觉，把触觉上的麻，加上味觉上的"辣"，唇舌间便真如火燎一般。

一个朋友，每次吃麻辣锅，吃完就送医院，他有严重的胃溃疡，但他戒除不掉，我无法了解他的瘾。

味觉里有我们潜意识里挥之不去的生命记忆吗？

我注意到婴儿在一段成长的时期，任何东西都往口中塞，大人常常慌忙掏出来，告诫道："这怎么能吃！"

人类在初始的阶段，并不知道什么能吃。那神话中的神农氏，便在旷野中尝百草，一日而数百次死亡。神话故事荒谬可笑，却使我想起那艰难求活的人类的初期的悲哀。

我在味觉里品味了甜、酸、咸、辣、苦。

我在自己的生命里也经历了甜、酸、咸、辣、苦。

我和大多数人一样，不喜欢苦味。小时候吃药，总是很难，要用糯米纸包裹，要包糖，吃的时候闭气不敢呼吸，还是难以下咽。

母亲总是在吃完药奖赏一颗好糖作鼓励。

那时候母亲四十几岁，她从中学时代就遇战乱，大多数时间把课程停了，帮忙抬伤兵，替伤兵写家信。"写着写着，念着内容的伤兵没有声音了，抬头一看，已经死了。"

母亲少女时便经历着这些战争的故事。

她结婚时正是抗日战争，婚宴刚结束，那一幢酒楼便在轰炸中成了废墟。

我青年时，不能了解母亲为什么那么爱吃苦瓜。苦瓜切成丁，加上黑色臭臭的豆豉，加上辣油、咸极了的腌鱼干，一起用热油爆炒，连飞腾起来的气味中都使我觉得好像堵在喉头，臭、咸、辣、苦，混合成一种难以形容的滋味。

母亲要我尝一点，我抵死不从。我觉得这样的味觉简直是自虐。

母亲不知道为什么说起战争，说起父亲在前线，她带着两个孩子逃难，火车挤满了人，她一手夹一个孩子，却怎么挤也挤不上去，车站外面满满都是轰炸后没有收的尸体，破破碎碎的，有的肠子飞挂在树枝上。

"想了一想，还是要挤上火车，逃出去。"她说。

她便把两个孩子从窗户口扔进车去，她觉得只要孩子可以到安全的地方就好。

孩子掉在挤得密密麻麻的难民的头顶，大家咒骂着，又从窗口扔出来。

母亲一口一口地吃着我觉得难以下咽的臭辣又咸的苦瓜。

我没有问她后来如何保全了两个孩子，如何逃到了安全的地方。

我好像有一点懂了她味觉里的辣与苦，好像懂了一点那味觉上的记忆多么真实的深沉。

丫民，我们是不是太幸福了，很难懂味觉里特殊的经验。

母亲逝世以后，我从来没有想到，我竟无端地爱吃起苦瓜来了，觉得那在舌根喉头上停留不去的一种苦味，那么像母亲临终时我把她拥抱在怀里的重量。

那么沉重的苦味，你会忽然觉得，甜味太轻浮浅薄了，酸味也只是琐碎，你可能会觉得连辣的激动都没有，只是一点咸，一点苦，好像不知不觉泪水流到嘴角，知道眼泪也是有味的。

丫民，我不知道，持续地活着，生命里还有什么滋味可以品尝。

有一天，一个法国朋友教我吃乳酪，法国的乳酪有三百多种，一般带乳香又有一点点发酵以后的酸和臭的乳酪，像 Camembert，我都能接受。但是他要我试一种极臭极臭的乳酪，一打开包装，一股呛鼻的臭，白黄的乳皮上结着厚厚一层绿灰色的霉，我的视觉和嗅觉都警告我，这是不能吃的东西。我的法国朋友切了一块，放进口中，慢慢咀嚼，我从他的表情看到极细微的变化，好像腐烂发霉的生命里被他找到仍然存在的满足。他望着目瞪口呆的我说："你知道，每一个古老文化，到了最后，食物味觉的精品都是品尝'臭'。"

　　丫民，我后来去了绍兴，因为我少年时热爱鲁迅的小说吧，这里是他的故乡。也因为我景仰的秋瑾吧，她在这里的一处广场被砍头身亡。我刻意绕到广场，人来人往，没有太多人记得这个悲惨的故事。我想到鲁迅把这个故事写成他的小说《药》。人们拿着馒头蘸刚砍头的人血，他们相信可以治肺痨。我闻到一阵阵极臭的气味，是物质腐烂败坏到极致的难以忍受的臭。当地朋友笑着说："绍兴人爱吃臭味，霉臭的苋菜秆，霉臭的豆腐，孵了一半的臭蛋，霉千张……"我好像懂了一点鲁迅，懂了一点他的沮丧、苦闷，好像连呐喊的力气都没有，好像生命陷在愚昧腐烂的泥淖，在臭烂里窒息沉沦，没有拯救。

　　那个夜晚，我随当地朋友吃了"三霉""三臭"，喝了许多黄酒，他们赞美我"终于了解绍兴了"。我酒酣耳热，一个人走在街上，夜凉如水，不知道为什么无端走到秋瑾就义的广场，一个人都没有，一盏路灯，竟然是坏的。我在路灯下大吐起来，满脸涕泪，一地都是呕吐出来腐臭馊酸食物的残败渣滓。

　　丫民，"臭"真的是古老文明味觉的精品吗？我还不确定，我要不要去品尝那生命败坏腐烂里难堪的滋味。你觉不觉得巴黎画派的苏丁（Soutine）的画里就有一种腐臭难堪的滋味？

童年的声音

丫民：

夜里被一种尖锐的声音惊醒。一种警报器的声音，频率很高，好像人在惊慌无助时的叫声。声音持续不断，有时会停一分钟左右，忽然停下来的寂静，使我的听觉更专注。我仍然躺卧着，但听到附近有人开窗的声音，听到有人似乎隔着阳台在交谈询问。然后警报器的声音又响起来了，不同的节奏与速度，好像传达着更多危险与悬疑的讯号。

没有多久，警报器又停了，在黑暗的寂静中，我又听到邻居们的开窗开门的声音，远远近近彼此交谈或抱怨的声音。

然后，警报器又响起来了。

我终于彻底被吵醒了，无法再睡，捻亮床头的灯，看一看钟，是凌晨四点不到。

警报器的声音持续到了黎明，没有人知道发生了什么事。

每一次警报器的节奏、音频、起伏，都不太
一样，显然经过设计，达到百分之百警告的效果。
警告的声音，无论多么尖锐刺耳，重复次数多了，
通常效果也就递减。人们的听觉似乎习惯了以后
就逐渐麻木了，或减少了反应。而这个警报器，
在不断改变声音的高低、大小、频率与节奏，每
一次间歇停止的寂静过后，听觉便接受着全新的
刺激。

各自在沉睡中的邻居，几乎全都被吵醒了。

我开了客厅的灯，拉开阳台的落地窗，走出去，
看到整个社区公寓都醒了，穿着内衣，站在阳台上，
认识的，不认识的，都彼此隔着阳台，隔着巷弄
街道，彼此问询，究竟发生了什么事。

有人说已经打电话报警了，警方应该很快会
处理。

有人推测是某间公寓安装了保安警报系统，
可是主人去度假了，没有人处理。

警报器还是间隔一分钟左右就响起来，我的印度裔邻居奈都夫人激动地抓着头发，说："我要疯了！这种谋杀人的声音！"

　　有人泡了一壶安眠的菩提子茶，坐在阳台的椅子上，慢慢喝起茶来，并且问我有没有看前一天转播的雅典奥运会的开幕式。

　　天空从暗黑里逐渐透出一些茄紫色的光，对面阳台一对爱人彼此拥吻调情起来时，警报器响得非常厉害，急促的、间断的、很高的短音，好像鼓动着心脏的速度都一起加快了。

　　声音一停下来，那种寂静，会忽然使在激情中长吻的爱人也停下来。

　　声音好像一种布幔，似乎会遮掩什么；寂静却是赤裸裸的，他们立刻好像觉得众目睽睽，便停止了很隐私的身体上的爱抚。

　　丫民，这个深夜到黎明的警报，这个使整个

社区不能睡眠的声音，好像一把钥匙，忽然打开了一个奇异的听觉世界，使人烦躁，使人惊恐，使人警戒，使人专注，也使人激动或冷静。

丫民，声音是不是像一把秘密的钥匙，总是可以打开封锁得很严密的心事。

有时候你在电话中和我谈话，听着听着，我会忽然出神，恍惚到纯粹听觉的领域。那时候，我没有在听你话语的内容，我听到的是一种声音，声音在空气中振动的频率，一种轻重缓急的速度，一种通畅或滞涩的质感。你知道，丫民，你的声音，变成一种近似书法的线条，有流动、停止，有升起，有低伏，有顿、挫、轻、重，有一些别的声音中听不到的质感。像树叶非常细微的在春天的风里颤动的声音，像退潮时河滩细沙里一波一波水流在渗透的声音，像新生的秧苗在初春的雨露里慢慢抽长的声音，你记得吗？杜甫的诗里有一句我特别喜爱的"润物细无声"，诗人听到过那种声音，在寒冷漫长的冬天过去，有一种不容易觉察的温暖及湿度在空气中氤氲着，滋润着大地上等待苏醒的所有的生命。诗人静静谛听着，侧着耳朵，非常专注，用全部心里的期待与渴望听着，他终于听到了，听到了万物被滋润以后慢慢醒过来的声音，他形容那声音很细微，形容那声音是"无声"。

"润物细无声"，诗人在众多喧哗里听到了"无声"。

丫民，是不是因为我的恍惚出神，没有与你对话，你便停止了言语，你说："你在听吗？"是的，我在听，我在听你声音里深藏着的心事，我在听那年轻的身体里对美好事物全心的企盼。

丫民，我沉默，因为听到了声音中的心事。你不觉得，我们的周遭，已经越来越听不到美丽的声音了吗？

我偶然打开电视，看到一些官员和政客的发言，我也不听他们的内容，我尝试聆听他们声音的品质，但往往很失望，那声音里都是霸道暴戾，都是贪婪与怨恨，都是无知与惊慌，因为心虚，甚至更要把声音夸张得很大很高，却无法听到任何真实的心事。

丫民，声音的学习，或许是从寂静开始吧！

我要学会听喧哗里的寂静，好像你在电话另一端忽然停止下来的空白与沉默。

我要学会听得懂沉默。

沉默使我听到最美丽的心事。

老子说："大音希声。"

我反复感受这四个字。

石器时代的人，用石斧、石铲、石镰作工具，在劳动工作的同时，听到了石头的工具撞击发出的声响。有轻、有重，圆的石头，尖的石头，扁平的石头，发出的声响都不一样。听觉特别敏锐的人，开始把发出不同声响的石头排列起来，一个一个敲击，更清楚地知道了声响的变化，组合成一连串有节奏的变化，有高，有低，有轻，有重，有响亮，有低沉的声响，那组合便是最早的"音"吧！

这些原来是工具的石斧、石铲、石镰、石刀，悬挂在木架上，一一敲击，便成了演奏音乐的乐器，叫作"磬"。

你看到过"磬"的演奏是吗？"磬"，这个汉字，也就是石头的发声啊！

汉民族把声音分为"八音"，金、石、丝、竹、匏、土、革、木。

"八音"，也就是八种不同物质发声的可能。

我很喜欢这么纯粹的对声音的解释。

好像小时候随母亲去买西瓜，她便一个一个地敲着，用声音来判断瓜的好坏。我也学着敲，好像学着敲开一个西瓜隐秘的心事。她的动作，我如今都记得，左手掌托着瓜，右手中指扣着大拇指，轻轻弹动，中指弹在瓜皮上，发出"剥""剥"的声响，听到响脆的回应，她才满意地说："这个瓜是沙瓤，也甜。"

我无法那么准确了解，声音里可以有这么多判断。

但我随母亲在市集一路走下去，听到街市里那么丰富的声音。打铁铺鼓动大风扇的声音，皮革的气囊一开一合，把气流充满到炉口里的风的声音，木炭燃烧时嗞嗞的声音，偶然一些矿物杂质在高温里爆裂时的"啪"的一声，铁锤打在砧上的声音，一声一声，沉沉的，配合着打铁师傅用力时肺腑里吐气呼吸和间歇时喘息的声音。我远远地站在西瓜贩的摊子前，听着那打铁铺里各种金属相碰撞传来的声音，觉得生活实在热闹，有一种莫名的快乐。

汉语"八音"中说的"金"，其实是广义的"金属"，在上古时代，更特别指"青铜"，一种铜与锡的合金。

青铜的乐器，一般会想到"钟"，大大小小的钟，悬挂起来，用木棍撞击发声，形成复杂的"编钟"。

"编钟"和"编磬"，便是最早"金""石"的音乐。古语里说："精诚所至，金石为开。""金"与"石"发出了声音，是因为共鸣着人类内在的心事吗？

西方乐团中称为"铜管"，已经有了形状的含义。东方上古说的"金"，也许是更本质的物质的声音吧！

老子说的"大音希声"，似乎是把音乐还原到物质的发声，他关心声音的本质，更甚于音乐的形式，也许接近西方现代音乐里"极简主义"（minimalism）一派的观念。

丫民，我想要带领你去听万物的声音。

大地深处有铜矿的声音，在大地震动崩裂的时候，被挤压的铜，便回应着，好像一种肺腑之言。

你一定听过溪流激湍里石子与石子被冲激回荡相互碰撞的声音。白居易的《琵琶行》里说的"大珠小珠落玉盘"，是玉石的叮咚声。

你听过"丝"的声音吗？听过那古人常说的"裂帛"的声音吗？紧绷的纤维，弹跳、摩擦、扣紧和松弛之间，都会有声响的变化。

我在蒙古的大草原上，看到牧民们手中持弓，仰天射雁。弓弦拉紧，箭像流星一般射出，风里都是弦的震动。那张弓射箭的弦，正是如今所有弦乐演奏中扣人心弦的弦。

他们用声音辨别弦的紧绷，当弓弦张到圆满，箭射放出去，弦在空中震动，那张弓，是射猎的工具，也是乐器。

什么是乐器？所有可以发声的物件或许都是乐器吧！

我看过一个拘谨的钢琴演奏者，坐在名牌的钢琴前，看着乐谱，一个音符一个音符，准确无误地弹完。我觉得疲倦，那些听觉上的声响，震动不到我心灵里去。他没有热情，没有喜悦，没有愤怒，好像没有爱，也没有恨，只有音乐的刻板形式。我忽然想念起那遥远草原上猎人的弓弦，想念起箭飞驰的声音，想念大雁翅膀扑飞的声音，想念秋风里长长的雁的凄哀的鸣叫的声音，想念起草在风里剧烈颤抖的声响，想念一个老猎人从肺腑深处里吆喝起来的那么悠扬嘹亮的而又苍凉的声音。

丫民，没有听过万物的声音，是不会懂乐器的。

不懂得自己的身体，也不会知道什么是声乐。

我们的身体其实是一个乐器，在所有的呼和吸中发出了声响，那些或大或小的气流，那些或轻或重的气流，那些或快或慢的气流，那些或飞扬或沉重的气流，在我们的身体各个部位行走。好的声乐，总使我觉得不只是咽喉声带的声音，是肺腑的声音，是丹田或血脉里的声音，或者，连最细微的毛孔里都在发声了。

"金""石""丝""竹"，上古的音乐带领人们通过声音去认识物质的状态。

"裂帛"的声音不容易了解了，"帛"是纤维密密织成的纺织品，是布帛，是绸缎，是丝或麻，一整匹，从中间用手撕开，发出一种近似惊叫的声音，是纠缠拥抱在一起的纤维忽然被强力扯开的怨愤悲伤吧。古人常形容一种心底的惊叫为"裂帛"之音。传说上古被周幽王宠爱的美女褒姒，总是不笑，一次偶然听到了"裂帛"的声音，她笑了，幽王为了看她一笑，便找来天下的布帛丝绸，命人撕给她听，换取她的笑容。小时候听到这个故事，使我很着迷于神秘的"裂帛"的声音。

你听过竹子的声音吗？丫民。

我不是说箫、笛，不是说制作成乐器以后的竹子，我是说那满山遍野的竹林里的声音。

我在故乡中部的一座山里听了一夜的竹声。高高长长的竹子，一节一节，有十几米高，挺拔而且修长，在风里静静摇曳。到了夜里，因为寂静，可以听到一声一声竹梢在高处相撞交互的声音。空空的，并不惊扰人，但非常清晰。你闭着眼睛，听久了，可以分辨出粗的竹子和细的竹子声响的不同，你可以分辨出不同长短的竹节会敲击出不同的音高，你可以分辨出撞击力量的轻和重的不同。那一夜，我被极丰富的、不断变化的竹林的声音包围着。听到竹子爆裂开来的嘶叫的声音，听到断折的竹管里不完整的回声，听到竹子上被虫蛀了一个小孔，风在孔里蹿来蹿去"咻""咻"的像口哨般的声音。

　　那最早把一节竹管拿出吹出声音的人，一定有难以形容的惊讶与欢欣吧。他尝试着各种气流在中空的竹管中震荡的回声，他尝试在竹管上钻了几个孔，尝试用手指压紧或放松，尝试用口唇贴近的变化，去控制气流的长短强弱，他在各种声音的变化里充满了发现的喜悦。

丫民，有一次你带了一支叫"巴乌"的竹管乐器，你正在学吹，并不熟练，试了又试。我走开去做自己的事，你一直练习，那声音，振动簧片，时时传来，好像我夜晚依窗听到的潮汐。好像某一个夏日午后树林里响成一片的蝉的叫声，我走过树下，看到坠落的蝉，僵死在地上，已经不动了，翻过来看，它的腹部好像还微微鼓动着，那一片一片的组织，真的像乐器上的簧片，好像还要发出声音，要努力叫着，证明它活着。

在乡下住过，你一定听过池塘里的蛙鸣。入夜以后，从疏落到密集，像刷刷的急雨，像千万人一起擂鼓，那声音使整个旷野活了起来。

丫民，那一夜竹林的声音使我沉静，也使我骚动，好像从心底翻腾起许多记忆。

那个我童年时固定在街市上卖麦芽糖的男人，手上摇转一个装置了竹制转轴齿轮的竹筒，一转动，便发出竹轴"嗒""嗒"的声音。那个在夜晚推车售贩面茶的老人，在水壶嘴上装了一个哨子，水一沸腾，热气向外冲，哨子便响起，一整个夜晚，便听着那响亮有点孤独的声音在人们入睡以后的大街小巷回转。

打铁铺旁边新搬来了一个弹棉花的师傅，每天背着一张竹制的大弓，把旧棉被的棉胎掏出来，用弓弹松，使棉花又松又软。我站在店门口看，棉絮像雪片一样飞起来，竹弓上沉沉的声音，"咚""咚""咚""咚"，有非常沉稳的节奏。

夜晚躺在床上，听着邻近人家猪圈里猪只打鼾"呼""呼"的声音，觉得那么近，好像那肉体里温热的气息都喷在脸上。

我听到过小小的鸡雏从蛋壳里挣扎着出来的声音，蛋壳细细的裂声，鸡雏嘤嘤的清新稚嫩的啼唪，都无法忘记。

我听到蚯蚓在雨后湿润的泥土里，拖着迟缓的身体滑过。听到扶桑花带着雨水的重量，扑倒在泥土地上的声音。听到养在水盆里的蛤蜊，静悄悄打开硬壳时，会有不容易觉察的"啵""啵"的声音。我听到纸盒里蚕虫吃桑叶的声音。它们再隔一两天，就要吐丝了。一个晚上，我便静静听着那细细的丝不断吐出来的声音，把自己缠绕起来的声音。我觉得我那童年声音的世界就要结束了，我觉得那些声音的细丝在自己心里结了一个茧，我听到泪水在脸颊上流下来的声音。

丫民，我在睡梦中惊醒，听到猪在猪圈里骚动惊慌的声音，听到它们凄厉的挣扎的声音，听到肉体被捆绑的声音，听到沉重的肉体被重重摔在地上的声音，听到利刃刺进厚厚的胸腹时那么绝望的哀嚎的声音。

丫民，我害怕音乐，音乐总是像一把奇幻的钥匙，把我以为已经死去很久很久的童年的门忽然打开了。

我那个充满了声音的童年世界真的结束了吗？还是都幻化成了声音的魂魄，隐秘在我身体不可知的部位，总是在我听觉的领域探头探脑？

金石丝竹匏土革木

丫民：

　　童年时我用废弃的纸制空药盒养蚕，从蚕卵开始孵起。那些卵很小很小，粘在纸片上，像草本植物的种子，黑黑的，一点一点。不容易让人相信，每一个黑点里隐藏着一个等待孕育孵化的生命。

　　生命真是奇妙啊！当那些小小的黑点，在一个清晨，全部变成了蠕动的如同线头一般的小小的蚕，我便望着那纸盒里的小东西，仿佛遇到意料外的奇迹，目瞪口呆。

　　我开始每天清晨透早就去摘桑叶，用干净的布擦拭干净，把叶片切成细细一条一条的，放进纸盒里。那些黑线般的小蚕便爬在绿叶上。我看不出它们在吃叶子，但下了课，再去看，叶子都不见了。

　　蚕长得很快，不多久，桑叶不用细切了，一整片放进盒里，那长得白胖的长长的蚕便依着叶子边缘，口中像有一把切刀一样，一口一口，很快桑叶边缘便吃出一个缺口。

小学里，很多同伴都在养蚕。纸盒上用锥子钻了孔，可以透空气，上学时就带在书包里。进了教室，各自打开纸盒，比较谁的蚕长得壮大。有一位同学蚕养得特别大，嫉妒心重的同学，便趁这人上厕所，在纸盒上画符，念咒语，诅咒那长得壮大的蚕停止生长或暴毙。

老师来了，大家赶紧把纸盒收到课桌下的抽屉里。老师讲着课，我便听到纸盒里的蚕沙沙地吃着桑叶的声音。

丫民，你相不相信，那蚕在噬咬桑叶的声音比老师讲课的声音清晰得多。

我学会了去聆听细微的声音，寂静的声音，沉默或孤单的声音。

如同在许多演奏者的场所，我尝试听演奏者声音与声音之间的空白，听那喧哗的旋律背后更细微的期待、盼望，延长或休止。我好像听到了声音之外的心事，听到了老子说的"大音希声"的"大音"。

古琴的演奏里，我看到演奏者右手的拢、抹、捻、挑，各种指法的表演。但是，我真正安静下来，便听到了他左手在绷紧的弦上按捺的颤动或挪移，不是表演，只是心事而已。

你觉不觉得八大山人画里的空白有一种荒凉的声音，是洪荒的声音，很混沌、很空洞，但又无所不在。

挪威的画家蒙克（Munch）画了一幅著名的《呐喊》，用一圈一圈像水波荡漾开的线条，传达着听觉上的频率的震荡。那是比较容易懂的画里的听觉。但是，八大山人的画里的声音，却是极不容易听到的。那大片大片的空白，像生命最初或最后的寂静之声，像古老废弃的干涸的深井，从空洞的深处升起来的回声，像动物尸骸死去千万年后从内里回荡起来的虚无之声。

丫民，古老的琴弦，常常是死去的蚕一直吐着的丝制作的，那蚕死去许久许久，丝却还在人世间震动。

那古老的箫或笛，是被斩伐的竹子，去除了旁枝叶片，晒干了，刮去了外皮，钻了孔。但是，那支竹管，好像还记得风雨中自己的摇曳的声音，记忆得起那月光下自己的华丽自负，记忆起被初升的阳光照亮时的喜悦欢欣。

据说，吹笛的高手，笛子的竹管的内腔是殷红的，有人说是吹笛者的血丝的痕迹。

许多人一笑置之，认为是荒诞的传说。

丫民，美在他人喧哗嘲笑时可能特别沉默。

美不善于论辩，美只是在特定的血源里默默传递自己的族谱。

你一定听过俞伯牙、钟子期的故事。一个听得懂琴音的朋友死去了，他便摔碎了琴，从此不再鼓琴了。

你也一定听过晋代的嵇康吧，写了一首著名的《广陵散》，是名闻一时的乐曲。嵇康后来上刑场，临行前，许多人求他传授《广陵散》的曲谱指法，他仰天大笑说："《广陵散》从此绝矣。"

我们听不到俞伯牙的琴音了，我们也听不到《广陵散》了。丫民，这些看来荒诞的故事里，有什么东西使我深深心痛了起来。他们关心的，其实好像不是音乐，而是听觉。没有聆听生命的领悟，音乐其实是没有意义的。俞伯牙摔琴的一刹那，一定是惊天动地的声音吧，然而没有人听见，或者听见了，却不能领悟。

我好像因此懂了一点嵇康的寂寞。

所以，我们并不遗憾《广陵散》失传。我们走到市集，走到山水里去，走到旷野，走到万物死而复生、生而死灭的喧哗中去，便听到了无所不在的啸叫起来的声音。

我今天在一个阿拉伯人经营的香料店，看到门口挂着一串空的晒干的瓜。

我想到了"八音"中的"匏"。"匏"是一种瓜，像葫芦瓜吧，成熟以后，摘下来，晒干了，瓜瓤都萎缩了，瓜皮干硬，中间形成一个中空的部分。古代民间常用这瓜作容器。卖药的人在瓜蒂部分切一个口，装上塞子，可以装药。也有人把瓜劈成两半，变成瓢，可以用来舀水。

现代乐团里用瓜匏作乐器的不多了，但是，世界上许多少数民族，仍然用瓜匏作乐器共鸣的部分，像云南、贵州一带的"葫芦笙"，用空的葫芦作器身，上面插着长短粗细不同的芦管，变成了"笙"。

"笙"这种乐器在东方很普遍，敦煌壁画里，许多飞天手上就捧着"笙"。

我在这个阿拉伯人的小铺看到晒干的瓜，并没有制成乐器，主人只是自己喜欢收集。他告诉我，可以听见空空的瓜里干缩坚硬的种子的声音，便取下一个，摇给我听。

他看着我，询问着："听到了吗？好多种子，好像在叫嚷：放我出来！放我出来！"

许多生命死亡了很久，我们以为没有生命了，声音却还存在着，声音像是顽强持续不肯散去的魂魄。

我因此常常绕去看藤架上悬吊的匏瓜，看它们沉重饱满的模样，青青的外皮上有一些细细的茸毛，在阳光下闪闪发亮。我也看它们过了成熟的季节，被摘了下来，在市场上售卖。但是很少人在意它们干枯发黄以后，变得很轻，像衰老的老人的身体，肉体和骨质都疏松了。那些厚实的肉体哪里去了？我轻轻扣着那干硬的外壳，听到空空的回声，久远古代的人，一定也听到了这回声吧？于是他们把这干了空了的匏瓜，制作成了乐器。

大地里的铜矿、石块、蚕的丝、修长的竹管，都记忆着声音，干了的匏瓜也一样，它们是在声音里延长着生命吗？

丫民，我想和你一起去听大地的声音，泥土的声音。

我们已经很少接触土制的乐器了。

上古有一种陶土制的乐器叫"埙"，用陶土制成桃子大小、中空的圆球，上面有小孔，用双手握着，对着孔吹，便发出呜呜低沉的声音。"埙"并不常演奏，好像也并不是特别适宜于表演的乐器。东方的"八音"，只是在不同的物质里发现声音，却并不只是关心表演。仅止于关心表演，艺术毕竟不会走得太远。

东方的许多传统乐器也因此似乎不完全在意表演，而毋宁更是把声音的发现当作一种心事的修行吧。

许多人为了改革东方传统乐器，为了和西方近代乐器竞争，常常加大乐器的共鸣部位，使它们更适合在大庭广众中表演。

我只是反过来想，为什么长久以来，许多东

方传统乐器，刻意不发展共鸣的部位？

老子的"大音希声"，是不是确定着东方音乐哲学上反喧哗与反表演的方向？

对话如果是一种声音，那么，独白不也是一种声音吗？

古代文人玩琴，似乎只是为了一二知己，甚至传说高手静夜操琴，有人偷听，琴弦便会绷断。现代急于表现的艺术家，或许已经很难了解这传说中的隐喻吧。

土制的"埙"，土制的陶笛，土制的盆、碗、缸、瓮都有声音，它们有时是乐器，但大部分时刻，它们只是安分的生活里的器皿。"形而上者谓之道，形而下者谓之器。"物质上的"器"，其实呼应着精神上、心灵上、形而上的修行。东方的艺术，尤其是音乐，似乎走向一条与西方近代十分不同的道路。

我只是想多思考一些关于金、石、丝、竹、匏、土、革、木的本质。

"革"，其实不难理解，是死去的动物的皮制成的乐器，当然主要是鼓，但在现代乐器分类里，叫作"鼓"，称作"打击乐器"，却很少会分出一类"革乐"。八音里的"革"特别强调了物质存在的本体，"革"这么直接，就是动物死去后身上的皮革。

许多原始音乐中都有鼓，鼓在民间音乐也一直扮演着重要的角色。

田猎的时代，一头动物被猎杀了，屠宰烹食之后，那张带着血迹的皮，仿佛记忆着血淋淋的生死搏斗。那张皮，被绷在中空的木桶上，用动物的腿骨当鼓槌敲打，"咚""咚""咚"，一声一声，好像死去的动物便复活了起来。

鼓在许多原始祭祀中像仪式里声音的符咒，那声音可以驱赶邪祟恶魔，那声音，可以驱赶人们心中自己的恐惧慌张，那声音，回应着热烈的心跳，使生命振奋起来。

丫民，我在北方黄土高原上看过数百人一起击打腰鼓。不是在优雅的音乐厅，不是在舞台上的表演，不是经过音乐专业训练的艺术家。他们就是土地上的农民，皮肤晒得黑红黑红的，劳动的筋骨，虽然干瘦，却紧实而有力气，眼睛也炯炯有神。他们数百人列队，头上扎着头巾，腰间系着鼓，手持鼓槌，鼓槌上飞扬着大红的飘带，一步一鼓，步伐随着鼓声，在飞腾着黄色沙尘的春天翻耕前的大地打鼓祈福。

这是艺术吗？这是表演吗？这是音乐吗？

丫民，我还不确定。

我看到干旱的黄土，经过一个冬天的冰封，看不出这样坚硬贫瘠的土地可以种出什么作物。但是，也许这些农民不信邪，他们列队击鼓，他们要在荒凉的大地上用鼓声叫醒春天，叫醒天地，叫醒生命。

他们越走越快，好像在播种，又好像在插秧。数百名壮实黧黑的农民，鼓声震天，脚步踏在大地上，飞扬起尘土，脚步越抬越高，好像飞跃起来，他们应和鼓声，从肺腑中吆喝出低沉的男子的咏叹。

丫民，我不知道这样的鼓声，这样的歌声，是不是一种音乐？它们一定传诵存留在这黄沙飞尘的土地上已经很久很久，在最艰难的环境里试图努力求生存，那鼓声便如一种呐喊，直接而又高亢，是祈求，是控诉，是祝福，又是一种活着的证明吧。

被归纳在"革"类的鼓，在人类的听觉世界依然扮演重要的地位。民间的庙会赛神社戏，都少不了鼓。打击乐中的锣鼓，也常常是民间野台戏开始的前奏，欢欣鼓舞，鼓声是振奋生命的声音。

用于作战的军乐也自然离不开鼓，东方西方皆然。古代中国以鼓声作为军队行进或攻击的指挥，以金属为铙，作为止兵的节奏。声音主宰着人的行动进退，也就是儒家礼乐哲学的来源吧。

"木"的乐器，直接会想到梆子。在民间戏剧里常常成为演员身段、表情的指导。

木材的选择其实一直与乐器的制作有关，西方的大小提琴，都精选木料，制作名琴，中国也不例外。有名的"焦尾琴"便透露着高手选择琴材的神奇传说。据说，上等琴材是用桐木，桐木轻而质地细密，共鸣清脆。一位制琴高手，遍寻上等琴材而不可得。一日随意游玩，在乡野间见人烧柴，火光中听到木材爆裂的声响，心中一惊，正是多年寻找的上等琴材的声音。此人急忙命人扑灭了火势，从灰烬中抢救出一段木材，果然是上等桐木，便取来制了一张名琴。因为燃烧时，一端已焦黑，正在琴尾，便取名"焦尾琴"。

丫民，我喜欢听觉世界里流传着这样的故事，好像木柴也在寻找可以救它的知己。金、石、丝、竹、匏、土、革、木，这八种天地间的物质，等待着人去发现它们，成为它们声音上的知己。

我常在想，那在火光中即将燃烧成灰烬的一

段柴木，是否知道自己沦为废弃的木料而哭泣呢？总觉得好的琴音里带着哭声，在生命被糟蹋、忽视、背弃或遗忘的时刻，那不甘心消失的生命便一一啸叫了起来，要呼唤知音前来。

那制琴者听到的火中木柴的叫声，不正是那生命的哭声吗？

绘画史上传说着晋代大画家顾恺之画过的嵇康的像。嵇康是鼓琴名士，顾恺之画出他"手挥五弦"的姿势，大家都赞赏他画得好，画出了演奏者的动作。但是顾恺之补了一句，他说："手挥五弦，易；目送归鸿，难。"以绘画名家而言，顾恺之觉得画出嵇康"手挥五弦"的动作并不难，困难处在于嵇康的眼神，远远看着天空大雁飞去，那眼神这么遥远，这么空寂，那么多复杂的心事，随大雁越来越远去，似乎并不在弹琴。

一般人或许不容易了解顾恺之的慨叹，但是，丫民，我想你一定能懂。艺术的不同类别，叫作绘画，或叫作音乐、舞蹈，并没有本质的差异。

绘画是视觉的，却也包容了嗅觉、触觉、听觉。顾恺之完全听到了嵇康的声音之美，知道那声音中的自负孤独，并不在"手挥五弦"，而是在心灵上的"目送归鸿"，可以有比表演更高更远的盼望与追求。

几十年前南京出土了一件砖雕《竹林七贤与荣启期》，其中有嵇康鼓琴，不能确定是否与顾恺之的稿本有关，但的确使我细细品味了绘画美学上"手挥五弦，目送归鸿"的意境。

丫民，我在和你谈音乐吗？好像不是。我或许更想知道你对听觉的看法。

陶渊明和嵇康、顾恺之的时代相近，他的传记里留下一段似乎与听觉有关的故事。陶渊明不仅是大诗人，他也懂琴，他的一张琴，名叫"素琴"，朴素简单到只是一片木板，上面没有弦。

"没有弦？怎么弹奏呢？"你心中一定有疑惑吧。

许多人也都疑惑，便质问陶渊明："没有弦，你怎么弹奏？"

陶渊明笑了笑，留下两句诗："但识琴中趣，何劳弦上声。"

六朝的名士，把艺术从技术的层次一直提升到真正心灵的释放。"弦上声"是音乐，是有形的存在，但是，并不是心灵的领悟。太多技术上的"弦上声"，而没有心灵上的领悟，或许恰恰闭塞了人的听觉，开启不了心灵。

陶渊明的"素琴"是在对抗什么吗？是在嘲讽什么吗？是在隐喻艺术之外的另一种领悟吗？

丫民，我想听一听陶渊明的素琴，如同我想听一听西方现代音乐重要革命者约翰·凯奇（John Cage）的《四分三十三秒》，一场完全没有演奏的音乐会。

相隔一千五百年，陶渊明的"素琴"与凯奇的《四分三十三秒》，似乎异曲同工，都在使音乐回到人的听觉本质。

　　丫民，我忽然想起多年前在一所高山的庙宇住了几日。那晚入夜后，空寂的寺院有草虫鸣，有灯蛾扑飞在窗纱上的声音，有山风在树梢高处的飒飒声。我静坐聆听，听到一种木鱼的敲击，"哆""哆""哆""哟"，非常安静，好像呼吸，好像心跳，好像我自己和自己的对话。

　　你还听得到自己心里最深处的声音吗？

山色有无中

第九封信

丫民：

　　据说有两个台风在岛屿周边海域徘徊，风势显然与往常不同。我听到"咯噔""咯噔"窗户震动碰撞的声音，便放下了工作，走到窗台上眺望。

　　你记得吗？你常常静坐看河的那一个窗台，柚木板上的漆，因为日晒雨淋，容易斑驳碎裂。你上次来，用细砂纸打磨过，重新上了漆。漆是特别挑选过的，耐日晒，也防水，又一连上了三层，果然牢固多了。工作累了，我就沏一壶茶，盘坐在这干净光洁的新漆过的柚木窗台上，看窗台外辽阔的河，河的对岸，有密聚的房舍屋宇，城市捷运缓缓驶过。

　　但今天的风势显然大了一些。我首先注意到河中的波浪，一层一层翻卷，带起白色的浪花。河水涨潮时也起浪，但节奏比较有秩序，一波一波，舒缓而不急躁。丫民，你曾经在一个夜晚，因为月圆，听着涨满的潮声，卒至于无眠。第二天清晨，我看到犹沉睡在窗台上的你，在初日幽微的旭光里，眉眼安详宁静一如婴儿。我看到摊开在你身边的素描本，以及一支 2B 铅笔。素描本上是许多铅笔摩擦的痕迹，有的是一条一条的细线，有的像是一片漫漶的细沙，单纯的铅笔，有许多轻重、延长和顿挫，浓和淡、深和浅的层次变化。

你醒来向我微笑，我指着图画说："这是什么？"

你说："满月的潮声。"

我仔细一页一页翻看，虽然满满都是抽象的笔触，但是可以感觉到笔触的节奏，平缓、安静、饱满而又充实，的确像满月的潮声，一波一波，非常细微，不容易察觉，却又非常笃定，非常坚持，不到涨满，绝不止歇。

是不是所有的嗅觉、听觉、触觉，乃至于味觉，都能转换成图像的视觉感受？

丫民，你试图画出一个月圆的夜晚涨满的潮

声，那潮声在你耳膜中回荡拍击，久久不去，那潮声也涨满你全部的身体。那潮声像你自己脉动的血流，一次一次，冲向等待涨满起来的心脏。你并不是用视觉在画画，是那被涨满的心，要找到一个纾解的出口吗？

视觉常常是纾解自己情绪的出口吗？我不确定。

我被情绪涨满的时候，觉得自己像一条要泛滥的河，我需要在空旷的地方大声吼叫，像六朝文人在荒山里的长啸，让自己的声音从胸臆肺腑间源源不绝地流泻而出。我需要在无人的地方放声高歌，我需要奔跑的速度，需要大风在耳边呼啸，需要在水里浮沉，需要大浪击打在身上震撼而又晕眩的感觉。丫民，我的纾解或许更倾向听觉与触觉吧。

因此，今天的窗台风景很使我着迷了。

因为两个逼近的台风吧，河水翻起来的浪一波一波地汹涌起来。随着风势的强弱，随着风的方向，激起的浪花，有许多不同的变化。

使我着迷的更是河面上瞬息万变的光。因为风势，天空上云行走的速度变得很快，云的影子移动在河面上，河水的波纹上便闪烁着明暗的光，闪烁着瞬间或明或灭、乍阴乍阳、千变万化的光的变幻。

我看到大片大片光的移动，我看到每一朵浪花的绽放，光像花瓣、像星辰散碎的绚烂，我看到浪花与浪花之间，非常细微的一丝一丝的光的流动，像极细的黄金的丝，窜动纠缠，到处晃荡。

我的视觉沉溺在光的变化里，因为光，我也看到河流释放出不可思议的丰富色彩。蓝色天空的倒影，天空里白云和灰黑云团的交错，涨潮的海水涌进来，浅浅的青色与浊黄的河水交融的层次，形成明显的潮线。我看到好像特别亢奋的鱼，在水波下游动的透明的身体，身体上每一片闪动着光的鳞片。我好像看得到浅水处牡蛎贝壳吐发出珍珠色的幽幽的微光，像传说里鲛人哭出的眼泪。我看到水草特别深暗的绿，一绺一绺，像女子美丽的头发，纠缠在水波里，流着绿玉髓般华美的光。

丫民，视觉是如此丰富的飨宴！

我曾经翻阅过一本有关介绍视网膜的书，了解到人类眼睛构造如此神奇而复杂。我们都称为"眼睛"的这一器官，其实在不同的物种，产生的"视觉"经验是非常不同的。

一个在昆虫的领域研究"蜂"的年轻人，和我谈起过她的研究，也特别讲述了有关"蜂"的视觉的种种。她说，昆虫的眼睛是由许许多多方格组成的复眼，物体在昆虫的视觉里，也就可能呈现像马赛克一样，由许多小块组织拼凑起来的影像。她专业的叙述，我未能完全了解。但我开始冥想起自己的眼睛，若是昆虫的眼睛，会是什么样的视觉经验？

物种果真是在进化吗？人类是否是这物种进化目前最完善的形式？

丫民，我知道，人类视觉复杂的程度，远远超过许多动物。猫或狗的眼睛，能够分辨的色彩，远比人类要少得多。人类的视网膜，可以分析的色彩，达到上千种之多。然而一般的动物，像狗，可能只对红色等较强烈的色彩有反应。

人类的视觉有时会有缺陷，被称为"色盲"或"视弱"，便是视网膜解读色彩或光的能力受到了限制。

在数字相机普及的时代，你们习惯比较不同像素的相机。当你看到一个同伴拥有一台五百万像素的相机时，你迫不及待，把储存卡上的图像传输到电脑中。把图像放大，分解，看每一个细部放大后的色彩层次。你叹了一口气，对我说："真精彩，放到这么大，还这么清晰。"

丫民，我们的眼睛，和昆虫相比，和一般动物相比，也是一台最新的、高像素的、品质最精细的数字相机吗？

学艺术的人，常常觉得无法进入科学的领域，甚至以为艺术与科学是互相冲突的。

我自己以前也有这样的误解，中学时的偏见，使自己错过了许多可以了解科学的机会。

以后读美术史，知道人类美术的发展，无论绘画、雕刻、建筑、剧场，都与同时代的科学发展息息相关。

19 世纪初，以法国为主的欧洲，科学家研究了光学，确定了橙、红、黄、绿、蓝、靛、紫的光谱，这一光学的研究，大大影响了之后西方绘画对色彩的看法。文艺复兴以来，数百年学院派的色彩理论被颠覆更新了。画家们重新审视色彩与光的关系，试图了解色彩在不同的光线下波长与波短的不同。他们纷纷离开画室，从室内走向户外，结束了数百年局限在室内画画的习惯。他们在户外长时间写生，尝试捕捉瞬间即逝的光构成的色彩变化。

莫奈（Monet）面对一堆田中的禾草，从黎明的光画到清晨。经过一个小时一个小时的变化，观察光在禾草秆上一丝一丝色彩的千变万化。一直画到正午，日正当中，出现泛白的光，阴影和日光中，色彩出现强烈的反差。一直画到下午，画到黄昏，斜照的夕阳的光的反映，色彩又出现了变化。他一直画到入夜，月光下幽静如魂魄的禾草，每一根草秆上都流动着月光。莫奈要画的，并不只是禾草，他在记录光和色彩，他在记录自己的视觉可能发现的最细微的光与色彩的变化。

丫民，画家的眼睛拥有最高像素的视觉可能。

我们的视觉的确是物种长期演化、进化的结果，也许还不是最后的结果。

在许多视觉艺术中，考验着我们对自己视觉的开发程度。

一般动物的视觉，停留在被限制的状态，民间有一句听起来刻薄的俗语说："狗看星星一片明。"

我其实无法想象狗的视觉里，天上的星辰究竟如何。

丫民，我们有一次共同在岛屿东部的海边看到了满天繁星，我们霎时都从心里惊呼了一声。啊！那样繁密、细碎、不断闪烁的千千万万大大小小光点，在像洗过一样的高高的夜空，像许多跳跃着的生命，使你一下子好像碰触到了生命最深处的喜悦与忧愁。一整个夜晚，我们躺卧在涛声一阵阵袭来的岩石上，仰望这一片繁星，沉默无语。

美是什么？

美是视觉到了无法分辨，理智到了无法分析的状态吗？

是否真的有过一只狗，像人类一样，静静仰望夏夜繁星，以至于热泪盈眶？

我们赞叹的那一大片繁星，仅仅是因为我们拥有一双近似于高像素相机的眼睛吗？或者，我们的视觉，引领我们进入另一个浩瀚的心事的领域？引领我们静观宇宙浩大，引领我们徘徊在理性的河岸边缘，知道河岸之外更有不可知的无限时间与空间。

美在理性的边缘，使我们冥想，使我们可以凭借一点心事，飞向尚未被科学证明的辽广领域。

那夏夜天空的繁星，绝大部分还是科学无法解开的谜，但是，在人类美的记忆里，却这么熟悉。

唐代张若虚的《春江花月夜》里有非常动人的句子："江畔何人初见月？江月何年初照人？"

张若虚一连问了两个我们无法回答的问题。江边，谁是第一个看到了月亮的人？江边的月亮，哪一年第一次照到了人类？

丫民，人类是那个懂得静观月亮的物种吗？

他的视觉，已经远远超出了生存的本能；他的视觉，是他心事的窗口；他的视觉，不只是高像素的构造；他的视觉，也是容量最大的储存卡。

我闭起眼睛，让视觉的记忆影像在脑波上流动，我可以使图像停格、快转、倒放、重叠，我在视觉的内视系统里显影了心事的图像。丫民，那一个夜晚的繁星，是我们向外观看的视觉，但我闭上眼睛，那图像便从心事上浮起，永远不再消失。我相信，有一天，我们绘画的图像，不会只是向外的观看，而更多是向内的心事的省视吧。

把视觉只局限在向外的观看，便只是一般动物的视觉。

艺术里的视觉，通常并不只是视觉，而是心事。有点像东方宗教里说的"静观"吧！"静观"，并不只是"看"，至少是"凝视"，"凝视"里才有思维和心灵的专注。

如同此时，我静坐在窗台上，观看台风来临前河面上的光，云影、水波，鱼族和贝类的生命，像一幅可以一直展开的长卷，它们可以独立，也可以连续；可以远眺，也可以静观。

有白色的鹭鸶轻轻飞翔，低低掠过水面，姿态轻盈优雅，不多时，从水面升起的鹭鸶，长长的喙里，叼着一条鱼。白色鹭鸶飞远，我还感觉到它喙中那一条鱼的挣扎。

我真的看到了吗？或者，我看到的是这浩大的河岸边生命求活和死灭的因果。

我的视觉，可以远眺大河浩荡，可以看高山耸峙，可以看天光云影的徘徊。而我的视觉，也可以看到极细微的招潮蟹，在退潮的河滩，从泥泞的洞穴里，胆怯地透出一只高举的螯夹。我也看到那鹭鸶口中一个小小的鱼的黑点，奋力挣扎蹦跳，仿佛还有逃脱的机会。

我的喜悦和悲哀，都与我的视觉有关。

丫民，你记得唐代的王维吗？他收藏在世界各大博物馆的画都不可靠，不但不是他的真迹，大多连他的精神都感觉不到。

但是，这位被东方画史上推崇为"南宗之祖"的画家，我对他领悟到的"视觉"，充满了兴趣。

他有两句有名的诗："大漠孤烟直，长河落日圆。"

感觉一下这两句诗中领悟的视觉记忆。那么单纯干净的画面，视觉的杂质都沉淀了，才有那么纯粹的线条与造型吧！

王维的视觉革命，不一定在画里，却在他的诗里。他的视觉一一记录成了诗句，他使视觉沉淀成为心事。宋代的苏东坡一语道破，说王维"诗中有画"。

我想经历王维的视觉，不是在博物馆里看那些临摹的伪作，而是在他的诗句中领悟他观看的方式。

王维看过一条大江，一直看，或许和我今日坐在窗台上一样，看水面的波光，看云的倒影，看鱼的蹿跳。他的视觉，像最先进的摄像的机械，可以特写细节，可以广角，可以拉长镜头，可以融焦，可以淡入、淡出，我们的视觉，可以有许许多多观看和记录的功能。但是，王维的视觉革命，却不只停留在"观看"，王维的诗里写下了一句"江流天地外"。

我尝试体会王维在这一句诗里领悟到的视觉的极限。我们看一条河，用视觉看，能看到多远？一条浩浩荡荡的大河，一去上千公里，我们的视觉，可以从上游一直看到下游吗？王维，绘画上的革命者，他领悟到自己视觉的限制，领悟到"江流天地外"，那存在于视觉之外的浩大与无限。他放弃了西方绘画里透视法（perspective）的坚持，知道透视中坚持的景深焦点，其实是人的自大，他开始为视觉极限之外留下了空白。王维之后，东方绘画里的"留白"变成极重要的部分，"留白"正是"江流天地外"的领悟，不是在绘画里表现视觉的自大，相反，是在领悟自己视觉极限之后才可能出现的谦虚与宽容。

　　王维被奉为"南宗之祖"，也就是为东方美学建立长久"水墨"影响的第一人。

　　"水墨"的本质在"水"与"墨"，放弃了绘画习惯上使用的"颜色"。"颜色"是什么？用通俗的方法回答，是"红""黄""蓝""绿""白""黑"……

但是，更准确的科学告诉我们，红色，可能是一种物质在我们视网膜上产生的波的长短；波的长短，与光的强弱有关，因此，同样的"红"，在不同的光的映照下，会产生不同的波的变化，也就产生了不同的"红"。

因此，从真正的视觉来看，"红"这个字是没有意义的，因为，我们视网膜上感受到的"红""黑""绿""蓝""黄"都一直在变化，并不是一种固定的色彩。

王维在静观的经验里，似乎领悟了色彩与光的关系。他写下了一句诗"山色有无中"。

山的颜色，一般认为是"绿"的，但是，丫民，我今日隔着河看到的山，也一直在变化。不同的光的角度，云的影子，水面波光的反映，都使山色时时变化。我们能长时间"静观"一座山，我们才发现，所谓山的颜色，如此细微而丰富。

需要多长时间的静观，我们才能从山的青翠、绿色、暗绿、黄绿、墨绿，一直看到一座山的颜色在光的变化中从存在到消失，从"有"到"无"的全部过程？

"山色有无中"这句诗里，领悟了极大的存在的喜悦，也领悟了极大的消逝的怅然与忧伤。王维用一支带着水分的毛笔，以单纯的墨色，浓淡干湿，在看来只有单色的系统里，达到了视网膜最丰富而细微的创造。他的"山色有无中"，一千多年来，使东方的绘画领悟了弥足珍贵的"墨分五彩"的哲学，也使东方的绘画有了视觉上的谦卑。

丫民，入夜以后，风势加强了。整个屋子在大风的旋转里呼啸，因为可能停电，我准备了手电筒、蜡烛、火柴，我或许会在人类古老的照明工具里体会一种不同的台风夜晚的视觉吧。

第十封信

烛光

丫民：

最近几年，视力大不如从前了。眼球的构造真是奇妙，医生告诉我，眼球有些变形了，所以看近的东西会不容易聚焦。

对于我而言，视力的衰退，也许是生理和心理的双重的打击。我一向自负拥有良好的视力，从青少年起，在车上看书，躲在被窝里看书，在昏暗的光线下看书，无论字体多么小，好像都没有问题。

医生笑着安慰我："每个人的身体机能都会老化的。"

我理智上接受了医生的分析，但是，心理上似乎还不能立刻接受。医生为我配好的眼镜，搁在一边，虽然特别挑选了设计精致昂贵的镜框，还是不想戴。

我尝试和自己视力的变化相处，从对抗、拒绝，到慢慢妥协，经过了很长一段时间。我开始减少夜晚读书的时间，尽量利用白日的自然光线。我把书桌移近更靠窗、照明比较好的地方。我开始把书拿远，尝试用另一种看起来更随意自在的方式阅读书籍。我订购了一套一套线装的版印大字善本书，经、史、子、集都有，字很大，看起来非常清晰。我开始了解，古人的版本设计，似乎很有道理。

丫民，有一次我戴起了眼镜，你看到了，有点惊讶，"咦"了一声，问道："我不知道你也近视。"

我白了你一眼，心里有些好气又好笑，也不知道如何和一个才二十出头的小伙子说"眼球会老化"这件事。

丫民，杜甫有一句诗说"老年花似雾中看"。在你现在的年龄，你绝对不会懂这句诗的意思，我年轻时也不懂。

我们的视觉，其实的确是在很长时间，经历一种自己不容易察觉的变化。你发现了吗？婴儿的视觉，总是东张西望，好像在不断搜寻陌生而好奇的物像，要把这些物像牢牢记录在视觉的记忆里。青少年启蒙时期，视觉开始有一种专注，我常常被那个年龄的眼睛吸引。明亮，专心，好像初初开启了智慧，眼瞳有一种清明澄净。

视觉是一个学习的窗口，视觉也是一个吐露心事的窗口。

或许，把人类的眼睛当作一台照相机来看待，这一台相机，刚刚购买，就很像婴儿的眼睛，拿在手上，总是不断想去东张西望地拍摄东西。记得第一次拥有一台 Nikon F2 的相机，立刻坐车赶到淡水，东拍西拍，从镜头里看人，看风景。对着瞬息万变的夕阳，一张一张地拍下去。不断按快门，好像生怕遗漏了什么。

年轻时的视觉，是不是像新拥有的相机，迫不及待想要看，想要记录一切。

我后来认识一位摄影作品很感动我的朋友，他永远随身带着相机，但却很少拿出来用。我们一起在岛屿上旅行，他总是安安静静，他也四处看看，但很从容，不会急躁，也不急迫。

他偶尔会拿起相机，按下快门，次数不多，但回来以后，他冲洗出的照片，那些画面看来平凡，却的确是旅途中难以忘怀的深刻的影像，好像比大家胡乱抢拍的照片多了一层思维，不只是观看，也使人静下来"观想"。

每一个人拥有的眼睛构造，应该没有太大的差别。但是每一个人视觉观看的方法、视觉思维的能力却都不一样。如同一支竹子，每一个画家都画，呈现的风格却不一样。元代倪瓒的竹子，洁净到一尘不染；明代徐渭的竹子，常有一种撕裂的、愤怒的痛；清代金农的竹子稚拙可爱，使人想起农家的扫把。竹子看起来都一样，每个画家却各自有各自的"观想"。

在很漫长的旅途中，刚开始的过度亢奋，可能会慢慢冷静下来。也会发现，再精密进步的照相机，也会有遗漏，同样，再锐利准确的视觉，也无法看完全部的人生。我们视觉"看"的急迫开始慢下来的时刻，是不是视觉里"思维"的部分将要相对地增加？

丫民，我在视力逐渐衰退的时刻，才读懂了杜甫晚年的句子"老年花似雾中看"。有一点自嘲，有一点调侃自己，但的确也似乎在人生生理衰退的无可奈何里找到了另一种使自己喜悦的观看事物的方式。

丫民，因为台风，停电了。

我此刻点燃起蜡烛给你写信。

古老的时代，人类用火炬、蜡烛、油灯来照明，我们今日电力照明的历史其实很短。

当电刚刚停的时候，我听到电话答录机响了一声，熄灭了。灯熄灭了，音响忽然停止，不再有声音。我坐在完全阒暗的室内，听着窗外呼啸的声音，有一段时间，觉得眼前一片漆黑，什么都看不见。

我看到我搁在桌上的手机上一个微微的绿色的光点，一闪一闪，在黑暗里变成视觉上的焦点。这一点亮光，像童年暗夜里飞在空中的萤火虫。萤火虫据说是为了求偶，发出频率相近的讯号，吸引交配的对象。所以，昆虫也用视觉进行生命的繁衍吗？

　　我手机上的亮光，也似乎是一种寂寞中的讯号，是不是，此时许多人，也借着这一点幽微的视觉上的讯号感觉到什么？如同亘古以来，人类在天空闪烁的星辰里得到的讯号，他借这些讯号思维，他也借这些讯号有了幻想。

　　我没有立刻点燃蜡烛，我让自己停留在黑暗中很久，用听觉感受着窗外河流里的惊涛骇浪，感觉到风的力量，像被挤压的、满是委屈愤怒的生命，四处冲突乱撞。我听到了哗哗的大浪拍打河岸的声音，我听到了浪涛涌上路面的声音。听到了在飓风中树叶颤抖、树枝断折的声音，听到了风在窗户的缝隙蹿过，发出的"咻""咻"的如同口哨的声音。

在视觉暂时被黑暗封闭的状态，我的听觉被各种声音充满。

我伸出手，尝试确定蜡烛置放的位置。我伸出去的手，碰到桌子的边缘，手指沿着桌面摸索，碰到一本书，很柔软的纸质，我知道是最近购买的一本巾箱本线装的《宋词三百首》，这种轻便的小书，古代人用手巾包着带在行李箱中专供旅行中阅读。

我在《宋词三百首》这本书旁摸到了烛台，铜制的、沉重的烛台，上面已经插好一支蜡烛，我的手顺着蜡烛圆形质感钝涩轻柔的表面，向上一直触摸到细细短短的一根烛芯。

我又在烛台边缘摸索到了一盒火柴，打开盒盖，抽出一根，用指尖确定了火柴头的位置，压在火柴盒涂满磷的边缘，用力划一下，火柴燃亮了。我看到了火光，火柴棒，我的手指，看到了白色的蜡烛，黑色的烛芯。看到了金黄色在火光中闪闪发亮的烛台，看见了暗蓝色《宋词三百首》的布质封面，以及装订工整的白色的细线。我手中的一根火柴，照亮了大约一公尺方圆的范围，其他的部分还在黑暗中。但更远一点的桌、椅、家具，似乎也被一支火柴的光刺激了，也跃跃欲试，要从黑暗中显现出形状来。

丫民，太阳如果是一根小小的火柴，它是否也照亮了浩大宇宙的一个小小部分？

而留在亘古黑暗中的大块，是我视力所不及的地方，又存在着什么呢？

我把火柴移近灯芯，灯芯燃烧了起来。光度增加了，我的视力范围又扩大了一些。

灯光微微摇晃，烛台四周的物件，因为这一支蜡烛的光源，也都有了物体的明和暗，有了受光和背光的部分，当烛火的光微微摇动时，这些物体上的亮光和阴影也随着晃动摇曳起来。

我许久没有在烛光里观察事物了，使我有了许多视觉的回忆。

我们已经生活在大量使用电力照明的时代，一般来说，我们的视觉总是习惯在非常明亮的光线下观看物件。电灯照明带给人类的视觉上的方便与快乐，当然可以了解，但是，我们也许同时也已经被剥夺了在黑暗中观看物件的机会；没有机会思考，在没有电灯的状况下，我们的视觉会经历什么样的经验？

丫民，对学习美术的青年而言，不会不知道西方长时间以来绘画的照明工具，并不是电灯，而是光度较暗的火炬、蜡烛或油灯。

还记得你很喜欢的一位意大利画家卡拉瓦乔（Caravaggio）吗？他总是在他的画里经营着明暗的对比，强调着光源来自的方向，以及光在物体上慢慢陷入于黑暗或慢慢照亮的过程。

卡拉瓦乔出生于贫民窟，他熟悉的环境里有饥饿的小孩，有靠偷窃或卖淫维生的少年，有流浪汉、生病而无钱医治的妇人、垂死的孤独老人。

他开始成名后，接受一些贵族、企业主、教会、有钱人的订购单，要求他画圣母圣婴，要求他画耶稣和他的门徒马太或保罗。

他把这些基督教传说里的圣人，画在非常暗的背景里，他们看起来一点也不神圣，他们就像是生活在暗黑环境里的小孩、少年、男子、生病的妇人。

教会对他画的一幅《圣母之死》非常不满意。这幅画里，圣母不像一般画作中那样神圣慈祥。卡拉瓦乔使临终的圣母就像一名受尽病痛折磨的妇人，苍白的脸，鼓胀着难看的肚子，然而光在画面上流动着，一种幽微的光，在非常黑暗的画面中，似乎是唯一的信仰与希望之光。

卡拉瓦乔许多作品是为教堂制作的，目前也还悬挂在教堂一个幽暗的角落。

我在罗马时，去了几个观光客不常到的小教堂，特意寻访卡拉瓦乔的画作。

他画了三幅圣马太像，悬挂在一所小教堂非常暗的角落。你从户外走进教堂，走到画的前面，一下子，因为光的反差太大，几乎什么也看不见。

我们的视觉习惯了太亮的照明，就看不见幽微的美了。

我坐下来，慢慢适应光线的角度，逐渐看到一道光，一道画面的光，从右上角斜照下来。光照到的地方，一个男子回头，用手指着自己，好像在询问那一道光："你在召唤我吗？"

丫民，你知道，福音书里记载，马太本来是与钱财为伍的税吏。有一天耶稣走过去，对他说："马太跟我来！"马太就丢下了钱，跟耶稣走了，成为传播福音、为信仰殉道的圣徒。

卡拉瓦乔把马太画在一群手上抓着钱的税吏和赌徒中，忽然画面一道贯穿的光，使马太好像忽然清醒过来。他转向光，好像看到了自己心里的光。卡拉瓦乔认为，光是一种召唤，不是耶稣在召唤马太，是马太自己内在的人性的光在召唤他。

卡拉瓦乔在画面创造的光，被绘画史称为"明暗对比法"。但是，卡拉瓦乔或许更关心的，并不是技巧，其实是心灵上的光。或者说，他的画开启的，并不是我们的眼睛，而是我们心灵上的视觉。

那所小教堂僻静幽暗的角落，我记忆深刻。从《圣马太被召唤》《天使指引马太》到《马太受难殉道》，卡拉瓦乔总是让我的视觉在经历一种微弱的烛光，很微弱，在风中似乎随时就要熄灭，但却是黑暗中唯一可以信赖的光。

我坐久了，觉得那个原本阒暗、刚进来时伸手不见五指的空间，其实充满了光，非常柔和的光，非常幽静的光，非常稳定而且持久的光。

丫民，此刻我也在这样的光线里给你写信，觉得每一个字的笔画都写得很慢，也很谨慎，不像往常在太明亮的状况写信时那样快速和急躁。

许多从关心生态保育观点提出来的"光害"危机，已经陆陆续续被讨论了。因为过度的照明，因为过长时间的照明，"光害"如同一种污染，已经使许多需要在较暗光度中生存繁殖的昆虫或生物绝种了。例如，萤火虫，太强的光害，破坏了它们的讯号，使它们无法完成交配，纷纷濒临灭绝。

我所关心的，其实不只是生物繁衍的生态，丫民，对于学习美术的青年而言，你的视觉，在长时间太强的照明下，是否已经失去了观察幽微细节的可能？

点起一支蜡烛，调暗照明的光，或者尝试在月光和星光的明度中看山河大地。你会发现，在不同的光的层次下，色彩与线条轮廓会给你完全意想不到的神奇经验。

你记得乔治·德·拉图尔（Georges de La Tour）

这位法国画家吗？他总是喜欢在画面画蜡烛。一个少女坐在桌边沉思冥想，一支蜡烛照着她美丽的容颜。

德·拉图尔显然是受了卡拉瓦乔明暗对比法的影响，更具体地用蜡烛来实验画面中的光。

他画过年幼的耶稣，手里拿着一支蜡烛，另一只手遮着烛火，好像怕风吹熄了火，也好像用手作遮掩，使光照着正在做工的木匠的父亲约瑟。我在卢浮宫看这张画看了很久，看那只小小的手，背着光，透露出惊人的美。

用烛光画画的画家，似乎都把《圣经》的故事画得更人性化、更真实、更平凡，更贴近世俗人间的生活。

数千年来，人类依赖维生的传统照明的工具，也带给画家一种静定观看生命的视觉能力。

我们的视觉是否太骚乱，找不到焦点，找不

到关心的对象，我们的视觉好像塞满了杂乱的图像，失去了"观想"的能力。

我在烛光下一个字一个字地书写，使我自己安静下来。外面是台风的夜晚，风狂雨骤，而我在这一支烛光中与你对话，平静而且满足。

写完信之后，我或许会吹灭烛火，我或许会看到最后的火光，带着一缕袅袅上升的细细的白烟，消失在黑暗中。

而我相信，并没有真正的黑暗。

荷兰画家伦勃朗（Rembrandt）总是在最黑暗的角落发现光。他画自己年老的母亲，坐在极暗的室内一角，微微有窗口的光，照在古旧的纸页上，照着母亲都是皱纹的老年妇人的手，那只手正在翻阅《圣经》。

我在那幅画前站立了好久好久，觉得一点点微微的光，在泛黄的书页上移动，照亮一行细细密密的印刷体的字，照亮老妇人手背上一条一条皱纹的折痕。觉得那么幽静微弱的光，你的视觉一急促，它便消失了，因此必须屏息凝神，必须非常静，才看得到伦勃朗世界最细微的光。

丫民，我想在烛火熄灭之后，坐得更久一点。

我相信在没有烛火照明下，我的视觉还有宇宙无所不在的光为我照明。

我相信风雨交加的夜晚，窗户的玻璃上凝结着一粒一粒雨珠的晶莹的光；我相信河中炸开来的波浪的水花上，溅进着闪闪烁烁的像烟火瞬间消失的光；我相信河的对岸那一排公寓，和我一样，因为停了电，家家户户也都开始点起了蜡烛，而那一点一点明明灭灭的烛火的光，隔着一条大河，如同星光，也传达着使我安定与喜悦的讯号。

丫民，我并不在黑暗中，我的视觉如此丰富华丽，觉得是在一个夏夜满天繁星的簇拥下。

我何其幸运，可以听到美的声音，那些鸟雀的啁啾，那些蛙鸣，那些昆虫欣悦的叫声，那些涨潮与退潮时回荡的水流静静的声音。

　　我何其幸运，可以看到美的事物，看到一朵野姜花在湿润的空气里慢慢绽放，看到天空上行走散步的云一绺一绺舒卷的缓慢悠闲，看到你眼瞳中充满美的渴望时的亮光。

　　我何其幸运，可以嗅闻到一整个季节新开的桂花悠长沁人心脾的芬芳，可以嗅到整片广阔草原飞腾起来的泥土和草的活泼的气息，可以走进结满柠檬的园子，闭着眼睛，嗅闻果实熟透的欢欣热烈的气味。

　　我何其幸运，可以触摸一片树叶如此细密的纹理，可以触摸一片退潮后的沙滩，可以抚摸心爱的人如春天新草一般的头发。

　　我何其幸运，可以品味生命的各种滋味，在一口浓酒里，回忆生命的苦涩、辛酸、甘甜，也在一杯淡淡的春茶里，知道生命可以如此一清如水，没有牵连纠缠。

丫民，我想到了近代中国一位可敬的画家黄宾虹，他一生用功于水墨，到了八十岁左右，因为白内障，失去了视力，仍然作画不辍。面对他九十岁前后的山水作品，一片漫漶的墨的浓重里透露出一丝一丝的光，从最黑暗的墨痕中透出像泪一样的水痕的光，使人心中一惊。

生命是不会有真正的黑暗的，丫民，在台风过去之后，想约你去东部的海边走走，也可以穿行大山中的溪谷，在你沿路写生的时刻，你会听到我在远远山中长啸的声音吧！

图书在版编目（CIP）数据

给青年艺术家的信 / 蒋勋著. -- 南京：江苏凤凰
文艺出版社，2025. 8.（2025. 9重印）. -- ISBN 978-7-5594-9571-6

Ⅰ. 267.5

中国国家版本馆CIP数据核字第2025NW1446号

著作权合同登记号：10-2025-278

本著作物经北京时代墨客文化传媒有限公司代理，由作者蒋
勋独家授权，在中国大陆出版、发行中文简体字版本。

给青年艺术家的信

蒋勋　著

责任编辑	项雷达	
总 监 制	刘　平	
策划编辑	黄　琰	
封面设计	许晋维	
版式设计	姜　楠	
责任印制	杨　丹	
出版发行	江苏凤凰文艺出版社	
	南京市中央路165号，邮编：210009	
网　　址	http://www.jswenyi.com	
印　　刷	北京中科印刷有限公司	
开　　本	787毫米×950毫米　1/32	
印　　张	6.5	
字　　数	72千字	
版　　次	2025年8月第1版	
印　　次	2025年9月第2次印刷	
书　　号	ISBN 978-7-5594-9571-6	
定　　价	58.00元	

江苏凤凰文艺版图书凡印刷、装订错误，可向出版社调换，联系电话025-83280257